新型平板显示技术和产业发展战略

主 编 张 芳

副主编 卞曙光 任红轩 闫 雯 杨淑娟

科 学 出 版 社

北 京

内 容 简 介

本书从平板显示产业概况，新型显示技术发展的现状和趋势，亚洲主要经济体显示产业发展战略及典型企业案例，我国内地平板显示产业应采取的发展思路、组织实施方式和运行机制、政策措施与建议等方面对发展新型显示技术的战略进行了阐述。

本书有助于广大科技工作者、高校学生和社会公众了解平板显示领域的发展现状、趋势和未来发展方向，同时可作为政府部门、科研机构、高等院校、企业进行科技战略决策的重要参考资料。

图书在版编目(CIP)数据

新型平板显示技术和产业发展战略 / 张芳主编. —北京：科学出版社，2011

ISBN 978-7-03-031082-8

I. 新… II. 张… III. 平板显示器件–技术发展–研究 IV. TN873

中国版本图书馆 CIP 数据核字(2011)第 089298 号

责任编辑：杨 震 顾英利 黄承佳/责任校对：包志虹
责任印制：钱玉芬/封面设计：耕者设计工作室

科 学 出 版 社出版
北京东黄城根北街 16 号
邮政编码：100717
http://www.sciencep.com

中国科学院印刷厂 印刷
科学出版社发行 各地新华书店经销

*

2011 年 6 月第 一 版 开本：889 × 1194 1/16
2011 年 6 月第一次印刷 印张：8 1/2
印数：1—3 000 字数：125 000

定价：29.00 元

(如有印装质量问题，我社负责调换)

《新型平板显示技术和产业发展战略》
编撰委员会

序

显示技术改变了人类获取知识的主要途径，因此，在战略性新兴产业中的地位越来越突出。在非平板时代，我国成为 CRT 显示技术的强国，拥有完整的产业链，一度 CRT 产能占全球 80%以上。但是随着以液晶显示技术为代表的新型平板显示技术的出现，明显打破了显示产业的原有格局。随着技术进步，新型平板显示产品的市场占有率快速提升，目前已经大大超过了传统显示产品所占有的市场份额。市场对 CRT 产品的需求大幅减少，导致彩管、玻壳等上游企业连续出现亏损、停产局面。

虽然我国的平板产业近 5 年来获得了快速发展，但与日本、韩国、我国台湾地区相比，仍有较大的差距，TFT-LCD、等离子体显示器(PDP)等传统平板显示产业规模小，且尚无高世代生产线，导致彩电用显示屏几乎全部依靠进口。有机发光显示器(OLED)、激光显示、三维立体显示(3D)、电泳显示(EPD)等新型显示技术在我国内地发展很快，研究水平基本与国际相近，但核心技术开发力度不够，差距正在拉大，严重影响了我国平板显示技术及平板彩电的发展。为了改变这种局面，我国必须加速显示产业的升级换代，进一步扩大相关产业规模，重点加强新型平板显示技术的研究开发及产业化，逐步将我国的平板显示产业做大、做强，最终跻身世界平板显示强国之林。

故此，本书从平板显示产业概况、新型显示技术发展现状和趋势、亚洲主要经济体显示产业发展战略和典型企业案例、我国内地平板显示产业应采取的发展思路、组织实施方式和运行机制、政策措施与建议等方面对发展新型显示技术的战略进行了阐述，有助于广大科技工作者、高校学生和社会公众了解平板显示领域的发展现状、趋势和未来发展，同时可作为政府部门、科研机构、高等院校、企业进行科技战略决策的重要参考资料。

本书标题所涵盖的内容跨度比较大，涉及多种不同原理的显示技术，比较难以把握。因此，写作过程历经两个寒暑，数易其稿，并有几次结构性的大调整，所幸得到了很多领导和朋友的关心和支持，才得以成稿。由于作者学识浅薄，水平有限，书中观点难免有失偏颇，错误更是在所难免，特别是对一些专业的问题，理解不一定到位，希望得到各位专家和读者的不吝赐教。

在本书写作过程中还得到了邱勇、王保平、童林夙、万博泉、应根裕、邓少芝、毕勇、贾云涛、郭太良、凌志华、彭俊彪、李祥高、刘纯亮、张兆扬、张建华等专家的关心、支持和热情帮助，在此一并表示感谢！如果没有他们的关心和支持，本书也无法完成，在此向他们表示最诚挚的谢意！

此外，还要感谢范博华、李忠波、刘玲、秦九红、宋海刚、滕国伟、魏学锋、姚大虎、杨小兵、赵红等为本书的稿件整理做出的工作。

编　者

2011 年 3 月 1 日

序

目　　录

目录

第一章 绪 论

调查显示，人类大脑接触到的信息有三分之二是通过眼睛获取的。在信息社会，除直接观察外，人眼获取信息的主要界面是显示器件。当今，显示器件已在家电、通信、工业生产、军事、医疗、公安乃至航空航天等领域获得了广泛的应用，并在国民经济、社会生活和国防中起着重要的作用。显示技术已经成为现代人类社会生活中一项不可或缺的技术。

显示产业是信息社会的基础产业，显示器件是信息产业的核心器件之一。20 世纪之前，科学技术主要是解决人类肢体能力的延伸问题。有了计算机、网络和显示技术，人类进入了信息社会，随之要解决的是人类智力的延伸问题。从这个意义来说，显示产业是一个战略性新兴产业。

进入 21 世纪以来，全球显示产业正在发生革命性的变化，新型平板显示技术逐步取代了传统的阴极射线管显示技术(CRT)成为主流显示技术。CRT 从 20 世纪 60 年代广泛普及开始，至 20 世纪末，一直占据着显示领域的主流地位。但是从 20 世纪 90 年代中期开始，以薄膜场效应晶体管液晶显示(TFT-LCD)为代表的新型平板显示器件迅猛发展。2002 年，平板显示(FPD)市场销售额超过 CRT，2008 年平板显示市场销售额达到 1028 亿美元(图 1-1)，预计 2015 年，平板显示将占据 98% 的全球显示市场份额，销售额达到 1167 亿美元，而 CRT 销售额将降至 2 亿美元，所占份额不到 2%。平板显示仅用了 10 多年时间就完成了对 CRT 的取代。

我国内地显示技术及其相关产业的产品占信息产业总产值的 45% 左右，CRT 产能占全球 80% 以上，但是随着显示技术升级，平板显示产品对 CRT 的冲击十分明显，CRT 市场需求大幅减少，彩管、玻壳等上游企业连续出现亏损、停产局面。2008 年以来，随着金融风暴的蔓延，液晶面板生产厂家为求生存，积极清理库存，竞相压价，导致液晶面板价格大幅下降。加之我国出台了家电下乡政策，更加速了 CRT 退市的步伐。

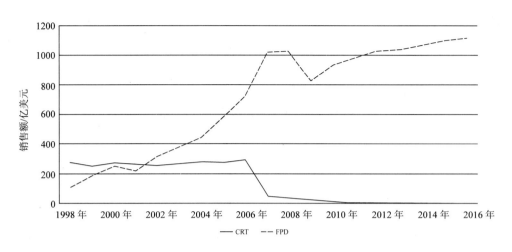

图 1-1　全球 CRT 与 FPD 显示市场预测

资料来源：DisplaySearch Introducing the New Global TV Replacement Study (2009)

　　虽然我国内地的平板产业近 5 年来获得了快速发展，但与日本、韩国、我国台湾地区相比，仍有较大的差距。TFT-LCD、等离子体显示器(PDP)等传统平板显示产业规模小，且尚无高世代生产线，导致彩电用显示屏几乎全部依靠进口。有机发光显示器(OLED)、激光显示、三维立体显示(3D)、电子书(EPD)等新型显示技术国内发展很快，研究水平基本与国际相近，但核心技术开发力度不够，差距正在拉大。这种情况严重影响了我国平板显示技术及平板彩电的发展。为了改变这种落后状态，我国必须加速显示产业的升级换代，在进一步扩大 TFT-LCD、PDP 产业规模及加大 6 代以上高世代线建设和相关技术开发的同时，重点加强新型显示技术的研究开发及产业化，上水平、上规模，逐步将我国的平板显示产业做大、做强，实现我国由显示大国向显示强国的转变，最终使我国跻身世界平板显示强国之林。

第二章　平板显示产业概况

第一节　显示产业在国民经济中的地位和作用

平板显示产业作为先进制造业，在国民经济中占有重要地位，对国民经济的发展起到巨大的带动作用。主要表现为以下几个方面。

一、平板显示产业是信息时代的"核心支柱产业"之一

显示器在信息交流中扮演着人机界面角色，是信息链中的关键环节，承担着信息内容到达受众"最后一米"的重任。近年来，随着人类社会信息化进程的加快，显示产业掀起了"平板化"革命，中国要建设信息化强国，必须确保平板显示产业的健康快速发展。

在电子信息领域，仅有平板显示产业与半导体产业是年产值超过千亿美元的大产业，不仅如此，平板显示产业的带动力也非常强，对上下游产业的拉动系数在 4 左右。未来几年，全球平板显示产业带动的产业总产值将在 4000 亿美元以上。如果我国能够占据全球 1/4 的市场份额，那么平板显示产业每年对国民经济的贡献将达到 1000 亿美元，能够为国民经济的总量增长作出巨大贡献。

二、发展平板显示产业具有重大的国家战略意义

21 世纪以来，信息产业正经历结构调整和产业升级。彩电业从 CRT 时代向平板时代过渡，IT 业面对"数字化"和"价值上移"。在这个过程中，核心资源——显示面板扮演着非常重要的角色。谁掌握了这一核心资源，谁就掌握了话语权。

中国内地现在已成为全球整机的组装基地，75%的整机由中国组装制造，但在核心资源——显示面板的供给上，本土企业只有不到10%的份额。

我国彩电工业目前面临大尺寸平板显示面板受控于人的严峻现实，生存和发展受到严重制约，彩电大国的地位正在逐步消失。由于平板显示目前不仅关系到传统的彩电行业，对新兴的信息技术也关系甚大，如手机、各种便携式终端、计算机等。平板显示的发展都对上述领域有着重大影响。因此如果不解决平板显示面板的问题，不但彩电业面临崩盘，中国信息产业的结构调整和升级都面临严重问题。发展平板显示产业可以打破国外对核心资源——"显示屏"的垄断，对我国信息产业的结构调整和升级将起到重要的推动作用。

三、发展平板显示产业有利于提升我国的技术创新能力

平板显示是一种高度综合的多学科交叉技术，它集成了微电子技术、光电子技术、材料技术、制造装备技术、半导体工程技术等多学科技术，产业跨越了化工、材料、半导体等多个领域。发展平板显示技术将广泛地带动这些领域的技术创新与发展，发展平板显示技术将有利于促进我国技术创新能力的提升和创新型国家的建设。

平板显示技术发展至今，工艺改进、性能提升的空间仍然很大，技术创新的动力依然强劲，存在广阔的创新空间。尤其值得关注的是平板显示技术与其他技术不同，平板显示技术之间有着很强的技术传承性和大量的共性技术。例如，高迁移率 TFT 技术将是 TFT-LCD、OLED、EPD 等共性的有源驱动技术，光刻技术等微纳加工技术将成为 LCD、OLED、EPD 等的共性生产工艺技术。

平板显示技术之间的共通性和传承性，延展了技术的创新空间和创新成果的应用范围与寿命。

四、自主发展平板显示产业对于维护国家安全具有重要意义

平板显示不仅在电视、计算机、手机等民用产品中属于关键性部件，而且也是武器装备和军队信息化领域的关键部件。美国在平板显示产业上尽管已远远落后于日本、韩国和我国台湾地区，但仍未放弃相关研发和生产，并保持有一定数量的公司专门为军方研发和生产军用显示产品。

平板显示由于可以节省空间，对于提高军队装备的信息化和集约化有着重要意义。目前，由于 LCD 尚存军用可靠性差的本质缺点，因此开发高可靠性的平板显示对我国军队装备具有重要意义。自主发展平板显示产业有利于消除国防安全在这方面的潜在威胁，对于维护国家安全具有重要意义。

五、发展平板显示产业有利于培育具有国际竞争力的民族大企业

平板显示产业规模巨大，技术存在广阔的创新空间，同时更是一个全球一体化的产业，引导和支持我国本土民族企业积极参与到这个领域中，在全球竞争的环境下，有利于在我国电子信息产业领域培育出具有持续创新能力的大型高科技领军企业，使之成为电子信息产业全面发展的中坚力量。

第二节　不同类型平板显示产业概况

虽然早在 40 多年前平板显示原理就已经被提出，但直到最近 20 年才逐步发展起来。在平板显示各分支中，TFT-LCD、PDP、OLED、激光显示、3D 和电纸书显示(EPD)是目前受到关注的重点。

TFT-LCD 和 PDP 技术较为成熟，近十年来 TFT-LCD 发展迅猛，2008年全球 TFT-LCD 产值达到 920 亿美元(图 2-1)，占到整个平板显示的 89.5%以上，TFT-LCD 在平板显示市场占据了主导和主流地位，TFT-LCD 产业发展的主要方向是高世代(6 代以上)生产线的设备及工艺技术、高性能大尺寸电视显示屏设计制作及外围配套技术及高端高分辨率的中小尺寸便携式终端显示。而 PDP 在大尺寸显示应用领域中具有较为重要的位置，目前在 40 英寸*以上的平板显示产品中，PDP 占据 30%以上的份额，2008 年全球 PDP 面板产值超过了 60 亿美元，PDP 今后发展的主要方向是"八面取"大尺寸基板生产线设备及生产工艺技术、高性能 50 英寸以上大尺寸电视显示屏设计制作及外围配套技术。

---

* 非法定单位。1 英寸=2.54 厘米。

OLED 具有全固态、高对比度、超薄、低功耗、无视角限制、快速响应、宽温工作、易于实现柔性显示和 3D 显示等诸多优点，被业界认为是最有发展前景的新型显示技术之一，并将成为未来 20 年成长最快的新型显示技术。OLED 还是一种理想的平面光源，在未来的节能环保型照明领域也具有广泛的应用前景。目前，OLED 正处于产业化初期，商业化产品集中在中小尺寸 OLED 上，主要应用领域有手机、MP3/MP4、数码相机、仪器仪表等。未来发展方向是以计算机和电视应用为主的大尺寸 AMOLED 技术。今后若干年 OLED 将会进入一个高速发展期，2008 年全球 OLED 市场销售额为 6 亿美元。预计到 2015 年，全球 OLED 市场销售额将达到 55 亿美元以上。

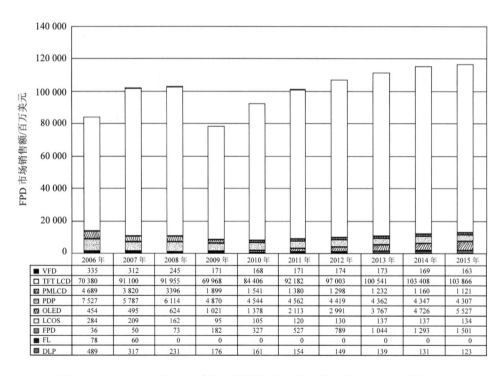

	2006 年	2007 年	2008 年	2009 年	2010 年	2011 年	2012 年	2013 年	2014 年	2015 年
■ VFD	335	312	245	171	168	171	174	173	169	163
□ TFT LCD	70 380	91 100	91 955	69 968	84 406	92 182	97 003	100 541	103 408	103 866
▨ PMLCD	4 689	3 820	3396	1 899	1 541	1 380	1 298	1 232	1 160	1 121
▣ PDP	7 527	5 787	6 114	4 870	4 544	4 562	4 419	4 362	4 347	4 307
▨ OLED	454	495	624	1 021	1 378	2 113	2 991	3 767	4 726	5 527
□ LCOS	284	209	162	95	105	120	130	137	137	134
▤ FPD	36	50	73	182	327	527	789	1 044	1 293	1 501
■ FL	78	60	0	0	0	0	0	0	0	0
▨ DLP	489	317	231	176	161	154	149	139	131	123

图 2-1　2006～2015 年 FPD 市场预测(按技术分类，数据单位为：百万美元)

资料来源：DisplaySearch Q1'09 Quarterly Worldwide Flat Panel Forecast Report

激光显示技术具有大色域、低功耗、长寿命等技术优势，在大屏幕数字影院及便携式投影显示方面有广阔的应用前景，目前激光显示技术尚处于探索阶段，具有很大的发展空间。

EPD 技术研究多年，具有超低功耗、易于柔性化、高反射、宽视角等特点，近来取得了突破性的进展，产业及市场进入了快速增长期，前景看好。

3D 显示技术彻底颠覆了人们传统获取信息的方式，能够带给观众更大的真实感与临场感受，有着无法比拟的冲击力、震撼力和巨大的市场潜力。

一、TFT-LCD 产业概况

从 1991 年日本企业生产出世界第一块 TFT-LCD 开始，TFT-LCD 技术经过 20 年的发展，已经日臻成熟，能够实现从 1 英寸以上到 60 英寸以下各种尺寸的显示产品，是当前平板显示中应用范围最为广泛的一个分支，市场规模巨大。2008 年，全球 TFT-LCD 面板市场达到 920 亿美元(图 2-2)，占平板显示市场的 89.5%，是整个显示市场的 86%。预计到 2015 年市场将达到 1000 亿美元以上。

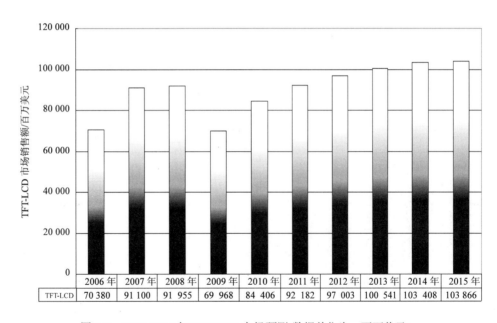

TFT-LCD	2006 年	2007 年	2008 年	2009 年	2010 年	2011 年	2012 年	2013 年	2014 年	2015 年
	70 380	91 100	91 955	69 968	84 406	92 182	97 003	100 541	103 408	103 866

图 2-2　2006~2015 年 TFT-LCD 市场预测(数据单位为：百万美元)

资料来源：DisplaySearch Q1'09 Quarterly Worldwide Flat Panel Forecast Report

目前，TFT-LCD 产业主要集中在亚洲的日本、韩国、我国台湾地区和我国内地。日本、韩国和我国台湾地区占据着全球 90% 以上的市场份额。日本是 TFT-LCD 产业的先行者，掌握着整个 TFT-LCD 产业的核心技术，目前在中小尺寸产业规模、TFT-LCD 核心装备、基础材料和零部件配套产业及技术上居于全球领先地位，在大尺寸领域也具有相当影响力，是产业链构筑最完整的国家；韩国在 TFT-LCD 技术的二次开发上，积累了自主核心技术，并且通过中游面板产业的拉动效应，构建了较为完整的产业链上下游配套体系；我国台湾地区的 TFT-LCD 产业发展，注重上下游整合与成本控制，并以高密度的资金投入使产能扩张至世界第一；我国内地 TFT-LCD 产业整体规模相对较小，但已具备了一定的产业和技术基础。

全球前三大的面板厂商三星(SAMSUNG)、乐金(LG)、友达(AUO)各占据 TFT-LCD 约 20%的市场份额，2006 年前五大面板厂商提供面板份额占全球面板总量的 77%，而到了 2008 年这个数字提升到了 88%。从 2006 年开始，随着三星、LG 第七代和第八代生产线的量产以及在客户资源上的优势，加上 2008 年韩元贬值，逐步拉大了与其他面板厂商的差距。

（一）国际 TFT-LCD 产业发展共性特征

日本、韩国、我国台湾地区的 TFT-LCD 产业发展起点虽然不同，但其产业发展有着共性的地方。

1. 持续性高密度投资

TFT-LCD 生产线建设资金需求量巨大，一条大尺寸 TFT-LCD 生产线的投资额至少数十亿美元。而产业规模领先的日本、韩国、我国台湾地区企业均拥有多条 5 代以上的大尺寸 TFT-LCD 生产线，企业已投资 TFT-LCD 生产线建设的累计资金都在百亿美元以上，有一个统计数据表明，过去 7 年间，全球 TFT-LCD 产业累计投资达到 620 亿美元，从目前的状况看，投资力度仍未见减弱。而早期在 TFT-LCD 领域领先的部分日本企业正是由于未能坚持投入，因此已逐渐失去了在 TFT-LCD 产业的领先地位。

2. 领先企业在上下游产业链建设上一体化程度高

全球前 5 大 TFT-LCD 企业中，三星电子和夏普均为集团内上下游一体化企业；友达光电不生产最终产品，但其大股东明基是主要的终端品厂商，许多企业都是在集团内配套；LG 集团在上游原材料方面有较好的产业基础，近年来也在下游终端品牌产品领域迅速拓展；奇美电子的母公司奇美集团广泛介入 TFT-LCD 上游原材料领域，目前也在 TFT-LCD 相关的整机产品领域努力推广自主品牌。

3. 重视企业整合和跨国合作

TFT-LCD 是资本、技术双密集型产业，生产、研发投入巨大，需要大规模市场开发和销售能力。面板企业进行水平、垂直整合和跨国合作有利于降低成本、控制风险、提升竞争力。为锁定市场，三星与索尼(SONY)、夏普(SHARP)建立合资企业；为获得玻璃基材，三星与康宁建立合资公司；友达是通过持续合并而位居世界第三的；日立、东芝和松下也曾合资建立六代线。

4. 以官、产、学、研合作模式整合资源支持企业提高核心竞争能力

日本官产学结合支持的重点是企业的技术开发及相应的基础研究。日本政府早在 1979 年就资助 7.7 亿美元，通过"光产业技术振兴协会"组织 16 家企业发起"光电子基础研究计划"，后又资助 8.2 亿美元成立"光电子技术研究公司"，进行光电子材料的基础研究。日本科技厅、邮政省和文化部也向其所属的研究机构及国立大学提供光电子基础研究资助。

韩国政府既支持技术开发，又给企业资金支持。韩国政府在 2002 年制订了"平板显示器产业发展 5 年计划"，每年用 1700 万美元开发下一代技术、250 万美元开发设备、160 万美元组织业界交流与发展，还出资 5100 万美元成立"工程技术开发中心"、"零组件与材料中心"和"人才培养中心"。20 世纪 90 年代三星、LG 开发制造液晶产品长期亏损，政府的政策贷款和补贴是其资金的重要来源。

我国台湾地区很早就将光电子列为重点科技领域，将 TFT-LCD 和集成电路一起列为"两兆双星"计划，并给予财税、金融等政策支持。例如，财政补贴企业研发，通过工业技术研究院协同业界消化引进技术，"六年发展重点计划(2002～2007 年)"安排 6000 万美元鼓励企业设研发创新中心，设立的 30 亿美元创投资金，将 TFT-LCD 产业列为重点支持对象。我国台湾地区十分重视提升企业和产业链的技术能力，例如，1999 年我国台湾地区液晶厂商采购的部件和材料主要由日本进口，而目前大多数都实现

了在台湾地区本地生产。

（二）各地 TFT-LCD 产业发展特征

TFT-LCD 产业本身的特点决定了日本、韩国、我国台湾地区 TFT-LCD 产业的发展中有着以上众多共性特点，但它们在产业发展路径和战略上也存在一些区别，如表 2-1 所示。

表 2-1　全球 TFT-LCD 7 代以上生产线

公司	地址	工厂	世代线	量产时间	基板尺寸/(mm×mm)
三星(Samsung)	汤井	T7-1	7	2005Q1	1870×2200
三星(Samsung)	汤井	T7-2	7	2006Q1	1870×2200
三星(Samsung)	汤井	T8-1(Ph1)	8	2007Q3	2200×2500
三星(Samsung)	汤井	T8-1(Ph2)	8	2008Q3	2200×2500
三星(Samsung)	汤井	T8-2	8	2009Q3	2200×2500
三星(Samsung)		T10	10	2010Q3	2850×3200
乐金显示(LG D)	坡州	P7	7	2006Q1	1950×2250
乐金显示(LG D)	坡州	P8	8	2009Q1	2200×2500
乐金显示(LG D)	坡州	P10	10	2011Q2	2880×3080
友达(AUO)	台中	L7A	7	2006Q4	1950×2250
友达(AUO)	台中	L7B	7	2009Q3	1950×2250
友达(AUO)	台中	L8A	8	2009Q4	2200×2500
友达(AUO)	台中		10	2012Q1	2880×3080
奇美(CMO)	台南	Fab7	7	2007Q2	1950×2250
奇美(CMO)		Fab8	8	2009Q3	2200×2250
CPT			7	2009Q4	1950×2250
夏普(Sharp)	龟山	No2	8	2006Q3	2160×2460
夏普(Sharp)	大阪	No3	10	2010Q1	2880×3080
IPS Alpha	Hoko		8	2010Q1	2200×2500

资料来源：2009 年 DisplaySearch TFT-LCD Equipment Report (2009)

日本企业是 TFT-LCD 产业技术的先行者，其通过引进欧美的 TFT-LCD 原理性专利技术，完全依靠自主开发产业化技术，掌握和完成了覆盖制造设备、材料及组件、面板到下游产品全产业链的技术和完整的产业布局。1998 年,受长期经济不景气和亚洲金融风暴的影响,日本 TFT-LCD 产业未能及时整合,产业过于分散,无法集中资金持续投入。过去十年,日本选择从"规模扩张战略"转为"知识产权战略",在继续创新、强化部件、材料和设备供应能力的同时,向我国台湾地区转让技术打压韩国企业。但随着韩国、我国台湾地区厂商崛起,日本企业在 TFT-LCD 面板领域的地位退居第三的情况下,已开始调整发展战略,在大尺寸领域重新实施"规模扩张战略"和强化上下游一体化关系。

韩国企业实施的是"赶超战略",在缺少核心技术的情况下,韩国政府集中财力支持三星、LG 等少数财阀企业,整合官产学研资源,走出一条"规模经济和研发并举"的成功道路。经过近 20 年发展,韩国在产业规模上已超过日本,位居世界首位。近年,韩国在"赶超战略"取得成功后,开始采取"大尺寸战略"和"品牌战略",并在大尺寸面板生产和产品开发方面已居世界领先地位,在全球第一个引入面板品牌"wiseview"(智慧视角)。

我国台湾地区 TFT-LCD 产业走的是"引进技术、技术创新、品牌建设"的发展之路。在我国台湾地区相关部门的支持下,企业抓住日本企业在 1998 年后放松技术转移的机遇,利用自己在 PC 机市场的有利地位,迅速投巨资建厂上规模,并获得成功发展。目前,我国台湾地区液晶面板制造业已与日、韩实力相当,产能第一,产业规模超过日本,成为世界第二大生产 TFT-LCD 面板的地区。

(三) 我国内地 TFT-LCD 产业发展历程

我国内地涉足 TFT-LCD 面板产业是从 1998 年吉林电子集团子公司吉林彩晶由日本引进第一代二手 TFT-LCD 生产线开始的,但这条线由于技术不配套、定位不准确,一直没能有效运转起来,运行并不成功。2003 年,以北京京东方、上海广电集团同时启动建设第 5 代 TFT-LCD 生产线并成功量产运营为标志,我国才算真正意义上进入 TFT-LCD 产业。

目前,我国内地的 TFT 产业正处于规模扩张阶段,已有 4 条 5 代 TFT-LCD 面板生产线、1 条 6 代面板生产线在量产运行;4 条 4.5 代面板生产线、1 条 2.5 代面板生产线、1 条 3 代面板生产线正在试运转；1 条 6 代面板生产线正在建设。京东方、华星光电、龙腾等正在规划 8 代和 7.5 代 TFT-LCD 生产线建设项目，预计 2011 年会逐步建成投产。

在产品方面，我国内地已建成的 4 条 5 代 TFT-LCD 生产线主要定位于 IT 应用领域，以生产显示器面板为主，少量生产笔记本电脑面板和 32 英寸以下的液晶电视面板。建成的 4.5 代以下生产线，目标产品主要定位于 10 英寸以下的各类中小尺寸应用市场。正在建设的 6 代及其以上的高世代线将主要面向 32 英寸及以上 TV 显示屏生产。参见表 2-2。

表 2-2　我国内地已建和在建 4.5 代～6 代 TFT-LCD 生产线情况(2009 年 6 月)

厂家	生产线	基板尺寸/(mm×mm)	产能	投资额
上海天马	5G	1100×1300	2004 年 10 月量产，满载产能 95k*/月	13 亿美元
京东方	5G	1100×1300	2005 年 5 月量产，满载产能 85k/月	12.5 亿美元
京东方	4.5G	730×920	2009 年 7 月投产，产能 30k/月	34 亿元人民币
京东方	6G	1500×1850	2010 年 4 季度投产，产能 90k/月	175 亿元人民币
龙腾光电	5G	1100×1300	2006 年 9 月量产，满载产能 90k/月	16 亿美元
深超光电	5G	1100×1300	2008 年 12 月投产，60k/月	15 亿美元
上海天马	4.5G	730×920	2008 年 2 月投产，30k/月	32 亿元人民币
成都天马	4.5G	730×920	2010 年 1 季度投产，30k/月	30 亿元人民币
武汉天马	4.5G	730×920	2010 年四季度投产，30k/月	40 亿元人民币
熊猫电子	6G		2011 年一季度建成投产	170 亿元人民币

*k 代表千块面板

另外，全球各大 TFT-LCD 面板厂在中国内地均建有规模很大的 TFT-LCD 模组厂，其模块出货量估计至少占到全球份额的 50% 以上。在供应链方面，偏光片等多种关键材料的后加工已经实现就近配套，由彩虹集团自主建设的玻璃基板生产线已建成并正在试生产中，少部分非关键设备已经实现国产化。

应该说，经过这些年的努力，中国 TFT-LCD 产业已经积累了一定竞争力。在技术上，内地企业已经掌握了显示器屏、笔记本电脑屏、电视屏、手机屏等产品的设计技术和 6 代生产线技术，骨干企业可使用专利数超过

5000 件，每年新增自主知识产权的专利申请数超过 300 件，具备了一定的专利和技术风险防范能力，面板厂商与上游设备和材料的技术合作机制正在形成。在客户方面，国内和国际众多一流品牌厂商，如戴尔、三星、联想、LG、诺基亚、摩托罗拉等都已经成为中国本土 TFT-LCD 企业的客户，我国内地 TFT-LCD 产业在全球产业中占据了一定地位。

(四) TFT-LCD 产业特点和产业链情况分析

TFT-LCD 产业跨越了化工、材料、半导体等多个领域，其产业链由上中下游构成，涉及上百种产品，且分别具有不同的特征(图 2-3)。

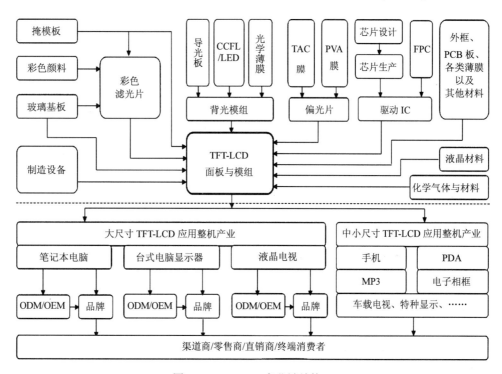

图 2-3　TFT-LCD 产业链结构

资料来源：DisplaySearch Quarterly FPD Supply/Demand and Capital Spending Report

在 TFT-LCD 产业链中，上游的设备、原材料和零组件产业是中游 TFT-LCD 面板和模组产业发展必要的基础。2009 年，原材料占 TFT-LCD 面板的总成本平均为 66%。TFT-LCD 原材料和装备产业技术含量较高，日本虽然在 TFT-LCD 中游面板制造和市场占有方面不如韩国和我国台湾地区，但却牢牢控制了 TFT-LCD 上游关键原材料和装备技术，把握了后续发展的主动权；韩国和我国台湾地区的上游材料和装备产业，定位在为中游 TFT-LCD 面板产业提供本地化配套，尚未完全掌握关键技术，主要技术依赖于日本。近年来韩国和我国台湾地区开始谋求原材料和装备产业的自主技术支撑，在相关技术方面有了长足的进步。我国内地在 TFT-LCD 原材料和装备技术上相对落后，本地化配套也落后于韩国和我国台湾地区，这已成为制约我国内地 TFT-LCD 产业发展的瓶颈之一。

自我国内地拥有第 6 代 TFT-LCD 生产线以来，上游的设备、原材料和零组件产业在面板产业的带动下获得了较快的发展。我国内地制造了全球 50% 以上的背光模组，但本土企业的份额只有百分之几，我国内地已有企业涉足 TFT-LCD 液晶材料产业和部分设备制造产业。另外，我国内地也有多家企业计划涉足 TFT-LCD 玻璃基板和偏光片产业。彩虹集团的 5 代 TFT-LCD 用玻璃基板窑炉在 2007 年 12 月点火试运行。总体来看，我国内地 TFT-LCD 上游设备、原材料和零组件产业尚不能有力支撑中游面板产业。这一方面是由于我国内地中游 TFT-LCD 面板产业规模尚不足以吸引 TFT-LCD 上游的设备、原材料和零组件领域的国际厂商就近设厂，提供配套；另一方面是由于我国内地在 TFT-LCD 上游的设备、原材料和零组件领域的技术积累和技术能力不足，本土企业短期内难以突破技术和专利障碍，形成 TFT-LCD 上游产业支撑能力尚需要一个过程。

综上所述，我国内地 TFT-LCD 面板产业已具备了参与国际竞争的基础，但在产业规模和技术上与先进国家和地区相比有较大差距，具体如下。

1. 尚缺乏 6 代线以上的高世代面板生产线

我国内地目前已有的量产面板生产线都是 6 代和 6 代以下的面板生产线，只能生产 37 英寸以下电视屏、32 英寸以下计算机显示器屏及其他中小尺寸显示屏，更大尺寸电视屏内地尚不能生产。这就是说，37 英寸及其以上电视机的显示屏全部需要进口。40 英寸电视显示屏需要在 7 代以上面板生产线生产；50 英寸电视显示屏则需要在 8 代以上面板生产线才能生产。

近期，我国内地一些大型企业在各级地方政府的支持下，正在规划和开始建设 6 代以上的面板生产线。2009 年 4 月，京东方在合肥开始建设 6 代 TFT-LCD 生产线，该线总投资 175 亿元人民币，基板尺寸 1500 mm×

1850 mm，投片能力 90k/月[1]，于 2010 年 3 季度末建成投产，产品主要面向 TV 和 PC 用 TFT-LCD 面板。熊猫电子在南京引进夏普 6 代线已接近建设完成，预计 2011 年一季度可投入生产，此外京东方正在北京开展 8 代 TFT 生产线的建设，总投资 280 亿元人民币，基板尺寸 2200 mm×2500 mm，投片能力 90k/月，主要产品为 32 英寸、46 英寸、52 英寸电视屏，预计 2011 年建成投产；昆山龙飞(龙腾)光电计划投资 32.5 亿美元建设 7.5 代 TFTLCD 生产线，基板尺寸 1950 mm×2250 mm，投片能力 90k/月，主要产品为 42 英寸、46 英寸、47 英寸电视屏及 19 英寸宽、23.6 英寸宽 PC 显示屏，预计 2011 年建成投产。由以 TCL 为主要投资方的华星光电 8 代线也已经开始建设，预计在 2011 年 3 季度也可投入生产运营。如表 2-3 所示。

表 2-3　我国内地拟建 7 代以上 TFT-LCD 生产线情况(2009 年 6 月)

厂商	世代线	基板尺寸/ (mm×mm)	产能	投资
京东方	8G	2200×2500	2011 年建成，90k/月	投资 280 亿元人民币
TCL(华星光电)	8G	2200×2500	2011 年建成，90k/月	
龙腾光电	7.5G	1950×2250	2011 年建成投产，90k/月	投资 32.5 亿美元

一个值得注意的动向是，国际 TFT-LCD 巨头最近纷纷来中国寻求发展空间，目前夏普、奇美等正在中国内地寻求合资方，拟建设 7 代以上生产线，企图率先在中国内地介入大尺寸 TFT-LCD 显示屏生产。

2. 面板的上游产品生产不配套，边际效益低

由于我国面板的上游原材料产业链还不完善，TV 显示屏国内还尚不能生产，因此导致利润大部分转移到了上游材料生产厂家及境外面板制造厂家手里，制造成本提高、供货受限，无论是已开工的面板生产厂，还是电视机厂都处于利润的末端，与我国完善的 CRT 产业链形成了鲜明的对照。

以 32 英寸 LCD TV 及 29 英寸 CRT TV 为例，分析一下我国显示产业的产业链状况，如图 2-4 和图 2-5 所示。

---

① k 代表千块面板。

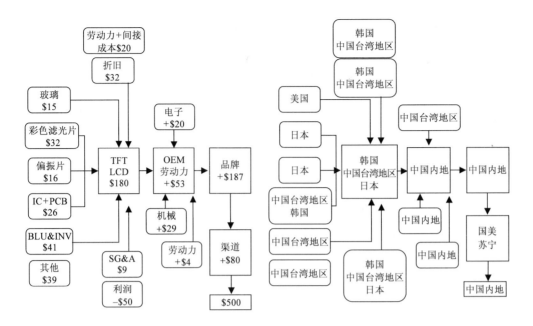

图 2-4　左：32 英寸 LCD-TV 各部件及各环节的价格分配(假设总价为 500 美元)；
右：32 英寸 LCD-TV 各部件及各环节的供应链

资料来源：DisplaySearch Quarterly TFT-LCD Cost Forecast Report and Quarterly TV
Cost and Price Forecast Model

由图 2-4 可知，我国所从事的是 OEM(附加值＜8%)和整机生产(附加值＜40%)，都是微利的。

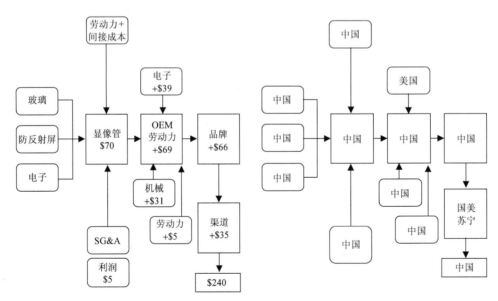

图 2-5　左：29 英寸 CRT-TV 各部件及各环节的价格分配(假设总价为 240 美元)；
右：29 英寸 CRT-TV 各部件及各环节的供应链

资料来源：DisplaySearch Quarterly TFT-LCD Cost Forecast

由图 2-5 可知，CRT-TV 的生产过程，除了电视机主控制芯片从美国
进口外，其他原材料供应均在国内完成。

当然，近年来国内在产业链国产化配套方面取得了一定的进展。玻璃、偏光片等多种关键材料的后加工已经实现就近配套，国内第一条玻璃生产线(彩虹)已于 2007 年 12 月点火试产，背光源等材料实现了本土配套，少部分非关键设备已经开始国产化。

中国 TFT-LCD 产业已经在技术、供应链、生产制造、品质和营销等方面积累了一定竞争力。在技术上已经掌握了 6 代生产线技术，如 AFFS 等核心专利技术和 ODF、4Mask、120Hz 驱动、动态背光驱动等新技术，具备了一定的专利和技术风险防范能力，面板厂商与上游设备和材料的技术合作机制正在形成。中国 TFT-LCD 产业在全球产业中占据了一定地位。但在先进技术的开发、产业链的构筑、人才队伍、产业规模等方面与全球领先的国家和地区相比仍有相当大的差距。

二、PDP 产业概况

(一) PDP 技术发展历程和市场现状

自 1964 年美国伊利诺斯(Illinois)大学发明了交流 PDP 显示技术以来，PDP 经历了 45 年的发展历程，技术已基本成熟。但是，由于 PDP 目前主要应用于 40～120 英寸大尺寸平板电视以及部分公共显示上，其产业发展环境不如 TFT-LCD。最近 3 年，PDP 受到 TFT-LCD 发展的影响，发展势头放缓。权威机构预测显示，2006～2015 年 PDP 市场将从 75 亿美元降至 43 亿美元(图 2-6)。这与三星、LG 等平板显示领先企业将发展重点放在 TFT-LCD，而放缓 PDP 投入的战略决策有直接关系。

目前，PDP 电视的主流尺寸是 42 英寸和 50 英寸，普通用途的 PDP 电视还包括 60 英寸，一些更大尺寸和拼接式的 MPDP 则一般用于特殊场合的公共显示,32 英寸曾在 2007～2008 年 TFT-LCD 面板供应相对紧张状况下取得过一定份额，但是该尺寸在 2009 年中基本退出市场，今后只有 50 英寸及其以上的产品具有与 TFT-LCD 竞争的优势。另外值得注意的是，由于最近 3D 技术的发展需要快速响应的显示面板，而 PDP 在该方面具有具有自己优势，也许 3D 显示会带来 PDP 发展的新契机。

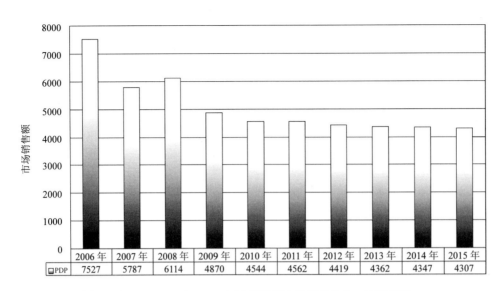

图 2-6　2006～2015 年 PDP 市场预测(图中数据单位为：百万美元)

资料来源：DisplaySearch Q1'09 Quarterly Worldwide Flat Panel Forecast Report

(二) PDP 技术发展和产业建设布局分析

PDP 技术主要集中于日本、韩国和中国内地，我国台湾地区也曾有少量生产，但已经放弃了。

PDP 技术发明于美国，但产业技术主要由日本开发，日本掌握了全套 PDP 技术，尤其是在 PDP 面板结构、驱动技术方面占据垄断地位，日本开发的许多技术已被确立为当前和未来 PDP 主流技术，在关键上游材料技术上日本也居于垄断地位，这保证了日本在 PDP 领域的技术领先地位。同时，日本 PDP 产业较早地进行了产业整合，松下整合了 FHP 和先锋的技术资源，在 PDP 领域形成了较大的产业规模，使日本占有全球 PDP 市场的 50%左右。

韩国 PDP 产业的发展类似于 TFT-LCD 产业，先期从日本引进 PDP 基础技术，然后集中力量开发各种改进技术，尤其在低成本产业技术上有独到之处。在产业发展上，韩国企业投入巨资建设起巨大的产能，并借助低成本，迅速打开市场，在 PDP 产业领域与日本抗衡。

目前，全球 PDP 产业主要集中在日本的松下和韩国的 LG 与三星三大厂商。日本松下和韩国三星(按 2008 年四季度计算)两者占北美 86%的市场份额，全球 64%的市场份额。

(三) PDP 产业链

与 TFT-LCD 相比较而言, PDP 的结构要简单得多, 所涉及的原材料和零组件也少得多, 因此产业链结构也相对简单一些。但 PDP 产业仍是一个涉及原材料众多、技术涉及面广的复合型产业, 因此 PDP 的竞争在很大程度上是国家产业链的竞争, 图 2-7 是 PDP 模组产业分布图。

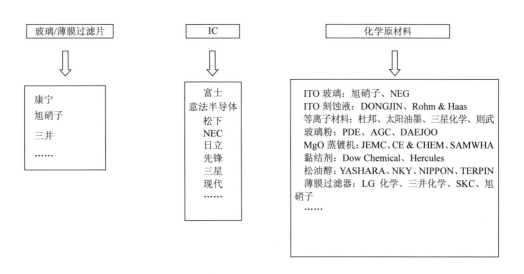

图 2-7　PDP 模组产业分布情况

从图 2-7 中可以看到 PDP 的直接材料的主要供应商情况。

在 PDP 材料相关产业链方面, 化学材料涉及玻璃基板、感光性导电电极浆料、介质浆料、障壁浆料、荧光粉、惰性气体、湿化学用品、洁净用品等关键材料, 日本厂家占据着较大优势。韩国企业(如 EXAX)在显影、刻蚀、清洗液等液体材料方面占有一定份额。同时部分欧美原材料厂家(如美国 Dow Chemical、德国 Rohm & Haas)也积极涉足 PDP 产业, 成为部分化工材料的主要供应商。在配套集中度较高的滤光玻璃方面, 旭硝子和康宁占据着大部分市场份额, 而三井和 LG 是滤光薄膜的主要供应商。在关键 IC 方面, 日本、韩国和美国均有相关配套。

PDP 的成本构成除直接原材料外, 还包括设备成本。

在 PDP 制造设备领域, 日本发展比较完善, 已形成完整的上游产业群, 对关键原材料有较强的垄断性, 2001 年之前, 全球 PDP 设备的研发和制造基本上集中于日本。随着韩国三星、LG、欧丽安(Orion)等公司相继进入 PDP 屏及模组领域，在引进日本 PDP 技术的基础上，韩国一直在极力推进着 PDP 原材料和制造设备本地化。在三星、LG 的 PDP 量产建设过程中，它们与韩国设备厂家积极配合，利用购买进口设备与日本厂商技术交流，从而获得了 PDP 设备关键技术。在其国内平板产品需求、设备需求拉动及国家产业政策的强力支持下，PDP 生产、检测用关键设备包括 MgO 蒸镀机、曝光机、印刷机、封排炉、荧光粉喷涂机、涂敷机、烧结炉、图形检测等都先后完成了韩国国内制造。韩国自主开发的 PDP 设备在 2002 年已达到除个别关键设备需从日本进口外，其余基本实现本土化的水平。

（四）我国 PDP 技术发展历程和产业建设情况

我国内地 PDP 的研究和发展也已有近 35 年的历史。20 世纪 70 年代中期，由中国电子科技集团公司电子第五十五研究所（简称"五十五所"）率先开展了单色 PDP 研究和开发。20 世纪 80 年代初该所解决了单色 PDP 的寿命问题，实现了 640×480 线、960×768 线、1024×768 线等单色 PDP 的系列产品的生产。杭州大学也开始相应研究。

20 世纪 80 年代后期至 90 年代初，五十五所在国内首先开展了彩色 PDP 的研究和开发，先后研制出了 64×64 线多色交流 PDP 拼接用显示屏和显示器、128×RGB×128 像素彩色 PDP 原理样机，320×RGB×240 像素彩色 PDP 显示屏和样机。杭州大学也有拼接屏研究。

"九五"期间，在国家计划委员会支持下，五十五所和西安交通大学开展了 21 英寸 640×480 彩色 PDP 科技攻关，分别研制出了 21 英寸彩色 PDP 实用化样机。

"九五"期间，彩虹集团开始跟踪 PDP 技术的发展，1996 年与西安交通大学和俄罗斯国家气体放电器件研究所展开合作，组织一批技术研究人员赴俄莫斯科学习 PDP 基础技术；1997 年，在北京成立彩虹 PDP 项目部，购置部分研发设备，建设了一个 PDP 屏的基本研发实验室。

"十五"期间，科学技术部设立 863 计划平板显示重大专项，重点支持了东南大学自主创新的荫罩式彩色 PDP 显示器(SM-PDP)的研发。

2002 年，在国家科技计划支持下，五十五所开发出 42 英寸 852×RGB ×480 像素的彩色 PDP 样机；东南大学开发出 14 英寸新型荫罩式彩色 PDP 显示器样机；彩虹集团与俄罗斯合作开发出 40 英寸彩色 PDP 样机。

2003 年，彩虹集团建成了国内第一条 PDP 试验线，完成了中试工艺技术研究，并于 2004 年与西安交通大学合作开发出了 42 英寸彩色 PDP 显示器样品。

2003 年，TCL 开发出全套彩色 PDP 驱动电路。

2005 年，东南大学开发出 34 英寸荫罩式彩色 PDP 样机。彩虹集团与西安交通大学合作开发出 50 英寸彩色 PDP 样机。

2006 年，长虹和彩虹集团合资成立以 20 亿元巨资打造国内首家等离子屏基地，一期产能可以达到 216 万片/年(以 42 英寸计)，规模仅次于松下、LG 和三星 SDI。在量产的基础上将以 PDP 模组为龙头产品，最终在政府支持下建立"中国 PDP 产业集群"。

东南大学开发的 SM-PDP 技术作为技术入股至南京华显高科公司，已完成中试技术的开发，并计划建设年产 150 万台左右的 42 英寸、50 英寸、60 英寸的 PDP 显示屏的生产线。

2009 年，虹欧和华显高科两大 PDP 生产线将相继建成并进入量产。

我国 PDP 产业虽然涉足较晚，但是已经进入产业规模扩张阶段。我国的 PDP 生产企业主要有上海松下、虹欧、华显高科等 3 家。虹欧(长虹和彩虹合资)通过收购韩国欧丽安(Orion)公司，获得了 PDP 产业化的基础核心技术，启动了本土企业自主的生产线建设，一期工程已经完成量产爬坡阶段，采用"八面取"障壁式 PDP 生产线，年产能 216 万台。产品已于 2009 年 4 月 22 日正式上市。

南京华显高科在自主知识产权荫罩式 PDP 技术的基础上，通过引进部分生产设备完成了中试生产技术的研究，形成了年产万台 PDP 的生产能力。南京华显高科正在计划通过融资引进国外的 PDP 生产线。

与 TFT-LCD 相比较而言，PDP 的结构要简单得多，所涉及的原材料和零组件也少得多，产业链结构也相对简单一些。但 PDP 产业仍是一个涉及原材料众多、技术涉及面广的复合型产业，原材料和设备成本占 PDP 面板生产总成本的 50% 以上。

在 PDP 屏材料相关产业链方面(表 2-4)，涉及玻璃基板、感光性导电电极浆料、介质浆料、障壁浆料、荧光粉、惰性气体、湿化学用品、洁净用品等关键材料，日本厂家占据着较大优势。韩国企业(如 EXAX)在显影、刻蚀、清洗液等液体材料方面占有一定份额。同时部分欧美原材料厂家(如美国 DOW CHEMICAL、德国 Rohm & Haas)也积极涉足 PDP 产业，成为部分化工材料的主要供应商。

表 2-4   制屏主要原材料产业链情况

关键原材料	全球主要供应商	国内开始涉足的企业
电极浆料	杜邦、太阳油墨、三星 Cheil、Noritake	南京金视显科技有限公司、东莞杜邦电子材料有限公司
荧光粉	KASEI、NICHIA	彩虹荧光材料公司
MgO	JEMC、CE&CHEM、SAMWHA、MITSHBISHI	辽宁亨欧晶体材料有限公司
湿化学溶液	EXAX、YOKOHAMA OIL	绵阳艾萨斯电子材料公司、一东公司
玻璃基板	AGC、NEG	洛玻集团

在 PDP 驱动线路产业链方面(表 2-5)，涉及逻辑控制/驱动 IC 及功率半导体的设计、制造、测试、封装，厚膜集成电路，各种通用电路元器件、PCB、结构件(包括背板组件、散热器、FPC、接插件、其他结构件等)等关键零部件及线路控制软件设计和数字音视频信号处理技术等。在配套集中度较高的滤光玻璃方面，旭硝子和康宁等占据着大部分市场份额，而三井和 LG 是滤光薄膜的主要供应商；在关键的驱动 IC、逻辑控制 IC、功率器件、其他专用 IC 等高端半导体方面(这部分的成本大约占到驱动部分成本的 50%、占整个模组成本的约 35%)，海外模组企业基本进行内配和通过战略合作解决。目前，我国部分高校、企业已开始研发驱动 IC(东南大学、长虹)、功率器件(浙江大学)，我国长虹和西安交通大学分别承担了"核高基"重大专项中逻辑控制 IC(用 ASIC 代替 FPGA)的自主研发任务等，但实现产业化还需要一定时间；国内可提供电源模块及相对低端的非关键部分的通用元器件、结构件、PCB 等，但尚没有大批量使用经验。

表2-5 驱动线路产业链情况

关键原材料	全球主要供应商	国内开始涉足的企业
TCP	全球各企业均实现本地化	深圳亚南
寻址IC	三星、松下、NEC、先锋等	三星、长虹
扫描IC	富士、ST、松下、NEC、日立等	富士、松下
调节器	ON SEMI、NATIONAL、ST 等	ST 等
逻辑IC	TI、NATIONAL、ST、仙童等	ST、仙童等
通用IC	三星、ST、现代等	三星、ST 等
IGBT	RENESAS、SANKEN、韩国光电子	多家
光电转换器	AVAGO、仙童、东芝等	东芝等
整流二极管	仙童、东芝、ST、ROHM、松下、	全球多厂商均可供应
FET	RENESAS、仙童、东芝、ST、松下	
通用件电路元器件	各企业均实现本地化	国内配套
电源	各企业均实现本地化	欣锐公司等
结构件	各企业均实现本地化	长虹技佳精工等
包装件	各企业均实现本地化	长虹包装公司等
滤光玻璃/滤光膜	三井化学、LG、SKC、AGC	AGC

在 PDP 制造设备领域,日本发展比较完善,已形成完整的上游产业群,对关键原材料有较强的垄断性。韩国在引进日本 PDP 技术的基础上,极力推进 PDP 原材料和制造设备本地化。PDP 生产、检测用关键设备包括 MgO 蒸镀机、曝光机、印刷机、封排炉、荧光粉喷涂机、涂敷机、烧结炉、图形检测等。

2001 年之前,全球 PDP 设备的研发和制造基本上集中于日本。之后,随着韩国三星、LG、欧丽安(Orion)等公司相继进入 PDP 屏及模组领域,三星、LG 与韩国设备厂家积极配合,利用购买进口设备与日本厂商技术交流,从而获得了 PDP 设备关键技术。在其国内平板产品需求、设备需求拉动及国家产业政策的强力支持下,韩国自主开发的 PDP 设备在 2002 年已达到除个别关键设备需从日本进口外,其余基本实现本土化的水平。国内 PDP 装备产业基本处于起步阶段。

目前国内 PDP 产业发展面临的最突出问题是产业链不完善。

PDP 产业链涉及机械装备、化工材料、IC、软件、关键电子器件、部件等多个相关领域,可以概括为屏材料相关产业链、驱动线路相关产业链和机械装备产业链三大部分。2007 年以前,国内 PDP 产业一片空白,2007年长虹强势进入 PDP 项目建设,促进了国内 PDP 技术的发展和产业崛起,目前国内已具备了包括技术研发、量产线、本土配套等在内的良好基础。但由于产业链建设处于起步阶段,实质性技术开发储备和大规模产业化建设需要一个较长时间的培育,故 PDP 产业目前主要存在下列问题:

(1) 项目投资及上游配套成本偏高:由于本土配套产业链尚未建立,项目建设投资偏大,对产品成本竞争力不利。

(2) 配套技术能力较弱:国内企业介入以 PDP 屏制造为核心的产业领域较晚,研发力量薄弱,产品性能与行业巨头有一定差距。

(3) 对整机厂家来看,上游行业阵营逐渐萎缩:随着日立、先锋等较小规模企业的退出,上游模组供应能力集中在松下、三星、LG 三家,他们均有自身整机品牌,国内整机厂缺乏议价能力,获利空间受到大幅压缩,同时货源受到严重制约。

(4) 知识产权风险:国外企业进入 PDP 屏与模组领域早,掌握着绝大部分核心基础专利技术,已完成全球专利布局,国内企业面临的知识产权风险较大。PDP 行业主要企业专利分布概况如表 2-6 所示。

表 2-6 PDP 行业主要企业专利分布概况

企业名称	中国	韩国	美国	欧洲	日本
LG	515	4 146	770	530	606
三星	851	4 792	468	231	743
先锋	83	149	422	121	1 292
FHP	207	272	385	250	1 866
松下	370	199	276	221	2 033
长虹	163	315	18	2	12
其他	797	1 371	2 489	479	4 030
合计	2 986	11 244	4 828	1 834	10 582

PDP 显示屏和模组项目的建设，将解决平板时代我国 PDP 核心技术缺乏的问题，为中国平板电视产业争取到了技术标准制定的话语权和行业利润的分配权。但形成完善的本土产业链的支持才是在中国 PDP 产业可以持续性发展的唯一的前提条件，需要全面的、系统的部署和规划。

主要考虑以下三个方面：

(1) 迅速扩大规模，发挥规模效应和带动效应。彩电产业已发展成为国家产业链间的竞争，PDP 显示屏及模组项目是平板显示产业链的重要组成部分。通过 PDP 屏产业的规模扩张，建成本土的包含上游材料、装备、关键零部件以及下游整机企业在内的完整的 PDP 产业链；打造基础技术研发与应用技术研发相结合的一流 PDP 技术研发团队，提升国内 PDP 产业综合竞争力。

虽然目前国内已有的一定规模化生产迅速带动了国内 PDP 技术的发展和产业崛起。但行业主要企业的 PDP 模组产能远高于国内，国内的 PDP 模组规模效应不明显，不足以带动国内 PDP 产业链的全面、健康发展，所以缔造 PDP 项目规模优势显得尤为迫切。

(2) 加强产品创新，降低产品成本，提高产品竞争力。

① 一体化设计制造

● 通过从结构、电路、软件、IC 等方面加强 PDP 模组整机的一体化设计的意义重大；

● 模组产品适应快速变化的市场需求；

● 进行系统考虑，减少冗余，缩短工艺流程，提高生产效率，降低系统成本；

● 充分发挥模组的技术特点，为用户提供更完美的视觉体验；

● 缩短 PDP 新材料、新技术的研发周期，推动 PDP 产业链的本土化进程。

② 提高发光效率

PDP 发光效率提高能促进模组成本和能耗的显著下降，据测算，发光效率从 2.5 lm/W 提高到 5 lm/W 时，模组成本可降低约20%，能耗降低 50%；发光效率提升到 10 lm/W 时，模组成本可降低约 50%，能耗降低 75%。

(3) 强化本土产业链建设，掌握话语权和主导权。

① 彩电产业已发展成国家产业链间的竞争，形成完善的本土产业链才是中国 PDP 产业可持续发展的前提条件。

② 以 PDP 屏及模组项目建设为基础，立足于本土、建立包括上游材料、装备、关键零部件以及下游整机企业在内的完整的 PDP 产业链，打造基础技术研发与应用技术研发相结合的一流 PDP 技术研发团队，才能拉动国内平板电视产业的技术进步与升级，提升国内 PDP 产业综合竞争力，降低对国外技术及供应的依赖，掌握 PDP 产业发展的话语权和主动权，保障国家平板电视产业安全。

③ PDP 产业链的建设可拉动相关产业的发展。预计增加屏材料部分年产值约 25 亿元(600 万片/年估算，下同)，增加关键零部件部分年产值约 60 亿元，增加设备部分(包括 LCD)年产值将超过 100 亿元。

三、OLED 产业概况

有机电致发光显示器又称有机发光显示器(OLED)，与液晶显示相比，具有全固态、主动发光、快速响应、高亮度、高对比度、超薄、低成本、低功耗、无视角限制、工作温度范围宽、可实现柔性显示等诸多优点(如表 2-7)，不但可以应用于显示领域(目前 OLED 被大量应用在手机与个人媒体播放器的屏幕上，未来 OLED 将会进一步扩大应用领域，用于大尺寸的显示器产品上，如笔记本电脑、上网本、显示器及电视)，而且还可以应用于照明领域，因此有机发光显示器件(OLED)被认为是极具发展潜力的新型平板显示技术之一，受到业界高度关注。

表 2-7 LCD 与 OLED 技术比较

项目	LCD	OLED	OLED 产品优势
视角	受限制	接近 180°	宽视角，侧视画面色彩不失真
响应时间	10^{-3} 秒	10^{-6} 秒	更适合动态图像显示，无拖尾现象
发光方式	被动发光	自主发光	色彩更鲜艳、对比度更高、无需背光源
温度范围	−20～60℃	−40～80℃	高低温性能优越，适应严寒等特殊环境
工艺过程	复杂	简单	成本更低
制造成本	中等	较低	更高的性价比

近年来，OLED 技术取得了迅猛的发展，在诸如发光亮度、发光效率、使用寿命等方面均已接近和达到实际应用的要求。

OLED 的研究始于 20 世纪 60 年代，但是直到 1987 年柯达公司首次宣布小分子 OLED 器件的双层结构后，前景才明朗起来。1990 年，剑桥大学开发出基于高分子有机发光材料的高分子 OLED(PLED)新技术。1997 年，日本先锋电子推出了世界第一个商品化的 OLED 产品——汽车音响显示屏。2000 年以后，新的 OLED 产品和样品不断推出更是掀起了对 OLED 投资与开发的热潮。

根据 DisplaySearch 2008 年 4 季度发布的数据(图 2-8)，2008 年 OLED 市场销售额达 6 亿美元，预计 2015 年将达到 64 亿美元，增长超过 9 倍。OLED 在 FPD 市场的占有率将从 2008 年的不到 1%，提升至 2015 年的 5.5%。尽管 OLED 占 FPD 的比重还很小，但 2008～2015 年，其市场的年复合增长率可达 40%以上，相比之下，FPD 的年复合成长率仅为 3%左右。

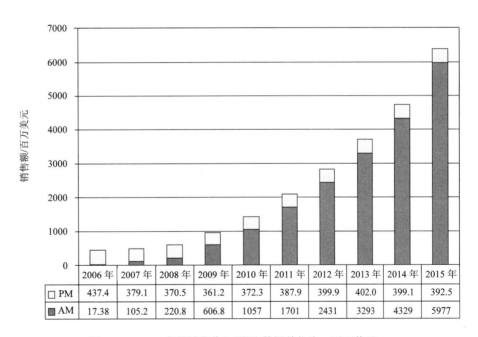

	2006 年	2007 年	2008 年	2009 年	2010 年	2011 年	2012 年	2013 年	2014 年	2015 年
□ PM	437.4	379.1	370.5	361.2	372.3	387.9	399.9	402.0	399.1	392.5
■ AM	17.38	105.2	220.8	606.8	1057	1701	2431	3293	4329	5977

图 2-8　OLED 市场销售收入预测(数据单位为：百万美元)

资料来源：DisplaySearch Q4'08 Quarterly OLED Shipment and Forecast Report

目前，无源驱动 OLED(PMOLED)的制备技术基本成熟，并形成产业规模。有源驱动 OLED(AMOLED)的中小尺寸制备技术有所突破，产业规模正在形成。大尺寸 AMOLED 技术尚处于发展中。今后 5～10 年 AMOLED

将会进入一个高速发展期，2015 年市场规模将达到 60 亿美元，而同期 PMOLED 只有 4 亿美元，占 6%。

在 OLED 光源领域，器件的效率和寿命已经获得显著的提高，欧司朗、飞利浦等公司开发了多款 OLED 光源的产品。因此获得越来越多的关注。根据 DisplaySearch 发布的数据(图 2-9)，2011 年 OLED 在照明领域将会有一个突破性的发展。

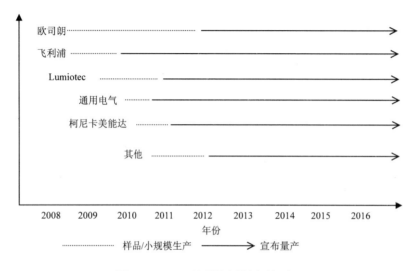

图 2-9　OLED 照明量产计划时间表

资料来源：DisplaySearch's Forthcoming OLED Lighting Report

OLED 作为发展前景被广泛看好的新型平板显示器件，其产业发展在全球范围内受到广泛重视，欧美、日本、韩国、我国台湾地区都在 OLED 基础技术和产业化技术上进行了大量投入，如表 2-8 所示。总体上来说，亚洲走在 OLED 产业化探索的前列。

表 2-8　全球主要 OLED 企业概况表

厂家	基片尺寸/(mm×mm)	生产线/条	产品类型
(中)维信诺	370×470	1	PMOLED
(中) 虹视(在建)	370×470	1	PMOLED
(中)彩虹(在建)	550×335	1	PMOLED
(台)铼宝(RitDisplay)	400×400	3	PMOLED
(台)铼宝(RitDisplay)	370×470	4	PMOLED

厂家	基片尺寸/(mm×mm)	生产线/条	产品类型
(台)悠景(Univision)	370×470	2	PMOLED
(台)奇晶(CMO)	325×720	1	AMOLED
(台)统宝(Toppoly)	620×750	1	AMOLED
(韩)三星(Samsung)	370×400	1	PMOLED
(韩)三星(Samsung)	370×470	1	PMOLED
(韩)三星(Samsung)	730×920	1	AMOLED
(韩)乐金(LG)	370×470	2	PM/AMOLED
(日)东北先锋(Pioneer)	300×400	1	PMOLED
(日)东北先锋(Pioneer)	370×400	2	PMOLED
(日)索尼(SONY)	600×720	1	AMOLED
(日)东芝移动显示(TMD)	600×720	1	AMOLED
(日)TDK	370×470	1	PMOLED

日本长期投入 OLED 技术的研究开发，在 OLED 器件、制造设备、关键材料上掌握着大量核心技术。日本是最先实现 PMOLED 商品化和产业化的国家。1997 年，东北先锋率先建立了世界上第一条 PMOLED 量产线，随后，日本建立了多条 PMOLED 生产线。

在 AMOLED 产业技术的研发上，由于无法保证大规模资金的持续投入，过去几年里日本的战略有所调整，即从"规模扩张战略"转为"知识产权战略"，但是日本在 AMOLED 的技术研发投入方面，一直热度不减。索尼公司最先成功开发出 11 英寸 OLED 电视，并进入了市场，引起了业界广泛关注。

2008 年 7 月，日本政府制订了一项名为"新一代大型有机显示器基础开发"的绿色 IT 计划，该计划拟开发 40 英寸以上 AMOLED 量产技术，预计 2015～2020 年完成，参加的企业包括索尼、东芝、松下、夏普、住友化学、出光兴产、产业技术综合研究所、长州产业、JSR、岛津制作所、大日本网屏制造、日立造船等，这是一个完整的 OLED 产业链开发计划，它涵盖了材料、设备、器件、整机等全部上下游产业。这项计划表明，日本已经瞄准了下一代显示技术 OLED，并力图抢占先机，"称霸"全球。

基于技术成熟度、制造成本方面的考虑，目前在 AMOLED 产业化的进程上日本表现的比较慎重。

韩国最近几年在 OLED 产业技术上的发展速度迅猛，在 AMOLED 器件技术及产业化技术方面走在了世界的前列，三星建成了世界上第一条 4.5 代 AMOLED 生产线，开始生产小尺寸 AMOLED 产品，应用于多款诺基亚、三星手机，在产业化上走在世界前列；LG 也进行了小批量的 AMOLED 显示屏生产，并于 2010 年将用于笔记本电脑显示屏的 AMOLED 推向市场。

鉴于 OLED 未来的产业前景庞大，我国台湾地区已有多家厂商相继投入 OLED 的研发和生产。其中，铼宝是我国台湾地区 OLED 厂商中产品线规模最大者，主要生产 PMOLED 产品，目前排名仅次于韩国三星。友达、奇美电、统宝等液晶面板厂则规划直接进入 AMOLED 领域，友达已在 2009 年重启停止一年的 AMOLED 量产计划。而统宝已经成为诺基亚的 OLED 屏的第二供应商。但总体说来，我国台湾地区的 OLED 产业技术与日韩尚有一定差距。

目前 OLED 厂家绝大部分采用的是小分子技术，高分子 OLED 曾经有欧洲的飞利浦、欧司朗、我国台湾地区 Delta 及 DuPont-RitDis 进行了开发和生产，虽然目前基本上都已停产，但研发工作还在继续。此外，TMD、爱普生、三星等公司正在积极研发高分子 OLED 量产技术。

继我国台湾地区的奇晶、铼宝和内地的维信诺和四川虹视等投资建立 OLED(有机发光二极管)生产线之后，总投资 94.2 亿元的彩虹 4.5 代 AMOLED 生产线项目，去年在广东顺德五沙工业园动工，这标志着我国以 OLED 为代表的新型显示技术进入了初步产业化阶段。

目前，中国国内从事 OLED 产业的有北京维信诺、昆山维信诺、虹视、广东信利(Truly)、佛山彩虹、广东中显、上海天马等企业。

北京维信诺成立于 2001 年，由清华大学 OLED 项目发展而来。截至 2009 年 7 月，北京维信诺已申请专利 170 多件。北京维信诺建立了我国内地第一条 OLED 中试生产线，主要进行 OLED 器件及中试生产工艺技术开发。昆山维信诺于 2006 年成立，投资 5 亿元，建立了我国第一条大规模 PMOLED 生产线，并于 2008 年 10 月顺利投产，基板尺寸 370 mm×

470 mm，年产 1200 万片。昆山维信诺于 2009 年年底成立昆山平板中心，正在建设我国第一条 AMOLED 中试线，主要进行 AMOLED 器件和 AMOLED 量产工艺开发。与此同时正在筹划 AMOLED 大规模生产线。

在标准方面，维信诺主导制定了关于 OLED 的"光电参数测试方法"的 IEC 国际标准和国家标准。

目前，维信诺生产的 OLED 显示屏已广泛应用于仪器、仪表、消费电子等显示产品领域。特别是采用维信诺自主开发的新型器件结构的 OLED 产品性能已经超越了国外同类产品水平。

虹视通过收购韩国欧丽安的 OLED 公司，引进了一条 PMOLED 大规模生产线，投资 7 亿元，基板尺寸 370 mm×470 mm，年产 1200 万片，2010 年 4 月份开始试产。虹视项目一期的生产方向瞄准 PMOLED，二期将建设 AMOLED 中试线，并进行量产技术开发，项目三期将建成 AMOLED 生产线，实现中尺寸 OLED 显示屏批量生产。虹视目前已在韩国开发成功 2.6 英寸、3.2 英寸 AMOLED 产品，拟开发 4.3 英寸 AMOLED 产品。

信利从 2003 年取得柯达 OLED 专利授权至今一直在进行 PMOLED 的小批量生产。广东中显科技有限公司(简称"广东中显")计划投资 5 亿港元建设 AMOLED 显示屏生产线。彩虹(佛山)平板显示有限公司的 OLED 生产线项目首期总投资约为 5.8 亿元，建设期为一年，该生产线投产后将形成年产 OLED 显示屏(以 2.2 英寸产品计)1200 万片的生产规模。

上海天马公司同上海市政府投资 5 亿人民币建设了 4.5 代 AMOLED 实验线，研究开发大尺寸基板 AMOLED 显示技术，并已投入运行。同时，天马公司还进行产品的研究开发，并有计划建设 4.5 代以上 AMOLED 生产线计划。这对于发展我国大尺寸基板 AMOLED 显示具有推动作用。

其他从事 OLED 相关产业的还有以下企业：

东莞宏威数码机械有限公司正在开发 370 mm×470 mm OLED 蒸镀、封装示范线成套设备，并与东莞彩显有机发光科技有限公司共同开发成功 OLED 分筛测试设备。

开发有机发光材料的单位有北京维信诺、西安瑞联、吉林大学、中国科学院长春应用化学研究所等单位。

导电膜玻璃材料方面，深圳南玻集团和莱宝公司进行了 OLED 用 ITO

导电玻璃研制开发。

驱动 IC 方面，香港晶门科技、清华微电子所等单位开展了 PMOLED 驱动电路的开发。

总之，虽然我国在产业化方面与国外有 6～7 年的差距，但是我国在 PMOLED 产业化方面已经具备了一定的国际竞争力，特别是在成本和良率方面已经达到国际水平。但是在 AMOLED 产业方面我国的基础十分薄弱，与国际上还有较大差距。

四、激光显示产业概况

激光显示技术属于新型的投影显示技术，目前全球尚处于产业化前期阶段，还没有形成规模产业。日本的索尼、松下、三菱、精工爱普生，韩国三星，美国得州仪器、Coherent、高意，德国欧司朗、耶拿光学都在激光显示上投入巨资。

激光显示技术具有大色域、高画质等技术优势，可广泛应用于大屏幕数字影院、天文馆、仿真训练、家庭影院等 60 英寸以上的显示产品上以及 20～30 英寸便携式投影产品上，近期投影手机的出现可能会给激光显示产业带来一个快速发展的契机。

激光显示技术应用在大屏幕数字影院上的效果比胶片还好，而且光源寿命很长，可达到 2 万小时。但价格比较高，相当于普通大屏幕数字影院的 2 倍，主要原因是晶体材料产能有限，价格偏高所致。

我国的激光显示技术目前虽然还没有产业化，但是我国具有完整的产业链，如晶体材料、光学引擎、光源模组和镜头等我国均有涉足，并具有较好的基础。我国已在几十个城市分布着 100 多个面向企业服务的激光加工工作站，激光设备生产企业 150 多家并涌现出几个以激光产品为主导的上市公司。在各级政府的全力支持下，华中、环渤海湾、长江三角洲、珠江三角洲 4 大激光产业群基本形成，年销售额超亿元人民币的厂家已有 16 家。

晶体材料是激光显示技术的核心材料，该领域是我国在国际上的优势领域，其中，非线性光学晶体材料我国占据世界市场份额的 30%，Nd:YVO4

激光晶体占据 50%左右的国际市场。这些产业基础将给激光显示产业化提供良好的条件和资源。但是当前我国的晶体材料产业产能尚不能满足激光显示的需求。原因在于：

(1) 投资强度低且分散，生产装备落后，控制水平低、单机产量少、成品率低、产品质量不稳定等，"性价比"水平有待提高。

(2) 资源没有有效利用，产业分散、规模小、品种少、规格不全。

(3) 产业化、工程化水平低，一方面某些性能优异的晶体材料，尚处在实验室研究阶段，不能满足高技术发展的需要；另一方面实验室成果转化为生产力的产业化技术水平亟待提高。

激光领域权威媒体美国 *Laser Focus World* 杂志对 2006 年的世界激光产业做出了"经历了惊人的强力增长"和"激光行业的发展看起来相当乐观"的评价，2006 年世界激光产品市场销售额达到 56 亿美元，同比增长 2%；与之相比，2006 年是中国激光产品市场一个高速、稳定的发展年份。中国光学光电子行业协会激光分会对全行业激光产品销售统计结果表明：2006 年中国激光产品市场(不含全息制品)的销售总额已突破 50 亿元大关，达到 56.3267 亿元，同比增长了 40.4%。2007 年，中国激光产品市场销售总额会超过 60 亿元。当今的中国激光产业已经受到全球激光光电子行业重视，发展潜力巨大。

五、电纸书产业概况

信息技术的发展，给人类带来了海量的信息资料。文字阅读的媒体需求越来越大，如果用传统的纸张印刷方式，将浪费掉地球上所有的森林资源也不够，这意味着传统纸张已无法满足网络时代信息阅读要求，显示器是传统纸张的一个替代方案，但是本身存在重量高、体积大、耗电高、非便携等缺点，信息技术的发展对显示技术提出了更高的挑战。迫切需求具有改写功能的新型显示器，在方便使用的同时，还希望显示设备具有较大的显示面积，同时具有类似纸张的阅读性，超低的电量消耗，真正的超薄轻便设计。随着纳米技术的发展和应用，一种新颖的具有超薄化、超低功耗、长寿命、软屏化的显示技术——纳米电子墨水显示技术和显示器应运而生。这就是能够利用电子装置显示，而且又具有像纸张一样的高可视性的"电子纸张"(图 2-10)。这是一项早在约 30 年前就已开始研究的"梦幻技术"，经过十余年的技术孕育，电子纸显示器终于由幕后走向前台。

图 2-10　电子纸张

电纸书技术，是一种低能耗、高反射、宽视角的薄层便携式显示器，是一种具有类纸显示性能器件，因此在纸张阅读器中的应用具有独特的优势，并受到世界显示业界的青睐。根据 DisplaySearch 2009 年最新发布的数据(图 2-11)，相比于 2008 年的 7300 万美元的 EPD 总产值，预计 2015年将达到 15 亿美元，增长超过 15 倍。尽管 EPD 占 FPD 的比重还很小，但 2008～2015 年，其市场的年复合成长率可达 54%左右。

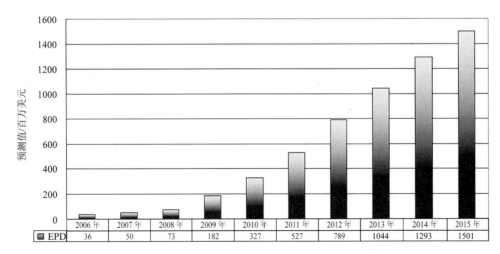

	2006 年	2007 年	2008 年	2009 年	2010 年	2011 年	2012 年	2013 年	2014 年	2015 年
EPD	36	50	73	182	327	527	789	1044	1293	1501

图 2-11　2006～2015 年 EPD 市场预测(图中单位：百万美元)

资料来源：DisplaySearch Q1'09 Quarterly Worldwide Flat Panel Forecast Report

电子纸是一种超薄、超轻的显示屏，表面看起来与普通纸张十分相似，可以像报纸一样被折叠卷起，但实际上却有天壤之别。它上面涂有一种由无数微小的透明颗粒组成的电子墨水，颗粒直径只有人的头发丝的一半大小。这种微小颗粒内包含着黑色的染料和一些更为微小的白色粒子，染料使包裹着它的透明颗粒呈黑色，那些更为微小的白色粒子能够感应电荷而朝不同的方向运动，当它们集中向某一个方向运动时，就能使原本看起来呈黑色的颗粒的某一面变成白色。根据这一原理，当这种电子墨水被涂到纸、布或其他平面物体上后，人们只要适当地对它予以电击，就能使数以亿计的颗粒变幻颜色，从而根据人们的设定不断地改变所显现的图案和文字，这便是电子墨水的神奇功效。当然，电子墨水的颜色并不局限于黑白两色，只要调整颗粒内的染料和微型粒子的颜色，便能够使电子墨水展现出五彩缤纷的色彩和图案来。

电子纸显示的核心技术就是电子墨水技术。电子墨水是一种可以在基板上得到处理，以其作为电子集成显示设备的新型专利材料，是结合化学、物理和电子学技术而开发出的一种新材料。电子墨水的主要成分是几百万个微米尺度的微胶囊，每一个微胶囊又包含了大量的微米或纳米尺度的电泳显色粒子。研究表明，显色粒子和电子墨水微胶囊的尺寸对纳米电子墨水显示器件的性能起着至关重要的作用，显色粒子和电子墨水微胶囊的尺寸越小，纳米电子墨水显示器的分辨率越高、响应时间越短、对比度越大。

和现有的显示器相比，纳米电子墨水显示器具备许多独特的优点，具体如下。

1. 类似纸张的易读性

纳米电子墨水显示器是反射式的，无论在明亮的日光下还是昏暗的环境中都能轻松阅读，事实上从各个角度看它都和真正的纸张相似，没有可视角度的问题。

为了定量说明电子墨水显示器的像纸一样的易读性，我们拿电子墨水显示器与商品化的反射型 LCD 及报纸进行了对比。在模拟办公室照明环境下，手持式显示器的一般观察条件(即使用者可以决定直视位置)；反射率是从显示设备白色区域反射过来并进入人眼的光线与入射光线的比值，对比度是显示设备白色区域的反射率与黑色区域的反射率的比率。对比度使人眼可以很方便地区分白色区域和黑色区域。在阅读文字时，反射率和对比度是决定显示设备的阅读性的两个重要因素。电子墨水(通过触摸屏)的反射率是 LCD 的 6 倍多，对比度是 LCD 的 2 倍。

2. 超低能耗

与平板显示相比，电子墨水显示器的电量消耗大大地减少。功耗极低的两个主要原因是：它是完全反射的，不需要大功率的背光源；它固有的双稳性，一旦写入图像，就不需要消耗能量来维持图像，所以能保持图像很长时间，而功耗是同类反射式显示器的 1/10～1/1000。

3. 便携性和超薄轻便性

电子墨水显示器模块比 LCD 模块更薄、更轻也更加坚固。这些优点与电子墨水显示器的超低功耗将一起直接促进更薄、更轻的智能手持设备设计，从而实现真正的便携特性。除了以上显著特点外，电子墨水还可以涂在任何表面，制造可以适度弯曲、折叠的轻便显示载体。由它制造的电子书或电子报纸可以连接到互联网，有线或无线下载文本或图形信息，以及信息的更新可由遥控自动改变。此外，电子墨水工艺和大规模生产工艺兼容、制造方便、成本低廉，易于大规模工业化生产且可循环利用，有利于环保。

索尼公司于 2004 年推出首款电泳显示电子书，直到 2007 年，电泳显示电子书基本上处于市场培育阶段。在这一段时间，逐渐地有其他与显示产品相关的企业加入，进行相关技术和工艺研究，并开发了与电泳显示有关的器件，如电泳显示控制器、电泳显示 TFT 专用基板，使得大批量生产电泳显示电子书的配套条件逐渐形成。

EPD 显示技术在电子阅读器、电子报纸、媒介产品等有着巨大的应用空间，而上述的终端产品有着广阔的市场。跨国大型化工公司 Avecia 在 2003 年美国召开的一个国际电子书会议上发布的一项市场研究预测，到 2010 年，世界电子书的销量将达到 1.4 亿本。美国的微软公司也非常看好电子图书的发展，它预测，到 2020 年，将有 90%的图书以电子图书和纸质书并存发行。2007 年年底，Amazon 推出的 Kindle 电子书具有上网、收发电子邮件、订阅电子报纸和杂志、购买或下载电子版书籍等功能，销售强劲增长，获得了巨大成功。2008 年，Amazon Kindle 的销量达到 40 多万本，2009 年的销量超过 100 万本。到 2015 年，图书馆新增图书的 50%将是电子书。在 2004 年北京召开的一次数字纸张产业高峰论坛上专家预测："未来 10 年内，数字纸张应用在全球范围内将至少产生一个拥有千亿元规模的市场"。

EPD 显示面板有不少供货商，均是国外的企业，它们包括从事 ChLCD 制造的 Kent Displays 和 Fujitsu Frontech，从事 QR-LPD 制造的普利司通，从事 EPD 制造的 E-Ink 和 SiPix Imaging，从事双稳态向列液晶制造的 Nemoptic 和 ZBD Displays，从事干涉调变器(interferometric, IMOD) MEMS 显示器制造的高通(Qualcomm)等。表 2-9 列出了不同技术的材料、模组和产品的研发和供应公司。

表 2-9　几种电纸书显示技术研发和电子阅读器产品生产公司

技术		公司名称
电泳显示技术	原料生产商	E-Ink、SiPix Imaging、OED(广州奥熠)
	面板组装	PVI、Sony、Eread、Jinke、Netronix
	终端产品	Polymer Vision、Amazon、iRex Technologies、汉王科技、天津津科、宜锐科技、Fujitsu Frontech
液晶显示技术	胆固醇液晶	Kent Displays、Varitronix、ZBD、Namoptic
	双稳态向列液晶	ZBD Displays、Varitronix
QR-LPD		普利司通、日立制作所
MEMS		高通(Qualcomm)
EWOD		Liquavista
P-ink		Opalux

目前，国际上电泳 EPD 显示模组供应商是我国台湾地区的元太科技公司，其显示材料和薄膜来自美国的 E-Ink 公司，其出货对象包括索尼、宜锐、荷兰的 iRex Technologies、汉王、津科等。

我国内地采用 EPD 有源 EPD 显示屏的电子书商品在 2006 年开始出现，如汉王、津科、宜锐几家电子书品牌均有电泳显示电子书产品。通过两年的市场推广，EPD 慢慢被市场及人们所接受，并开始进入增长期，随着功能及应用的开发，市场的规模将越来越大。

在电子墨水研发方面，广州奥熠公司取得了很大进步，并已部分实现了量产，在电子纸显示模组方面已经取得了突破，并已向电子书厂家供应样品。

六、三维立体显示技术产业概况

进入 21 世纪，显示技术完成了从模拟化到数字化的转变，平板显示迅速取代了 CRT 显示。在高清显示技术已经成熟、产品价格竞争进入白热化阶段之时，"立体化"成为下一个目标。作为一种新兴的显示技术，3D 彻底颠覆了人们传统的视觉习惯，三维电视能够带给观众更大的真实感与临场感受，能够把人的眼睛、耳朵甚至于思想完全带入一个有很强真实感的虚拟世界中去，有着无法比拟的冲击力、震撼力和巨大的市场潜力。

19 世纪 30 年代，科学家 Wheatstone 着手研究人的视觉，并发明立体镜，这拉开了人类对三维立体显示研究的帷幕。20 世纪中后期，随着计算机信息领域的发展以及平板显示器的出现，三维立体显示蓬勃发展。20 世纪 80 年代，日本、韩国、欧美等国家和地区开始根据自身的情况开发各种技术和产品。进入 21 世纪，这些国家和地区已经能够制造出较成熟的 3D 显示器。3D 是继标清、高清之后的第三次产业升级，拥有广阔的市场前景，是未来电视、电影发展的主流趋势。

目前，各个国家和地区的 3D 行业协会和联盟一致认为，视像显示技术演进的下一站是高清 3D 立体电视，而以索尼、松下、三星、LG、友达、奇美为代表的传统 2D 产业巨头就发展 3D 产业达成共识，不约而同地力推 3D 高清电视。

2009 年，美国影片《阿凡达》以身临其境的 3D 效果，受到全球影迷的狂热追捧，催生了 3D 电影时代。截至 2010 年 1 月底，全球 3D 电影票房已经超过 20 亿美元。从 2010 年开始，3D 进入产业化高速发展期，未来十年将是 3D 产业的时代，3D 电视机、相机、摄影机将进入普通家庭。

市场研究公司 DisplaySearch 于 2010 年 3 月发表了专门报告预测，如图 2-12 所示,3D 显示器出货量将从 2008 年的 70 万台增长到 2018 年的 1.96 亿台，2010 年内年均增长率达 75%，同期出货额从 9 亿美元增长到 220

亿美元，年均增长率 38%。世界消费电子厂商将陆续推出一批 3D 有关产品，包括电视机、监视器、计算机、蓝光盘播放器、数码相机、摄像机、相框等进军家庭市场。加上立体显示在原有的医疗等专业应用以及广告、公共显示牌等应用，都会促使显示产业从平面转向立体的革命。

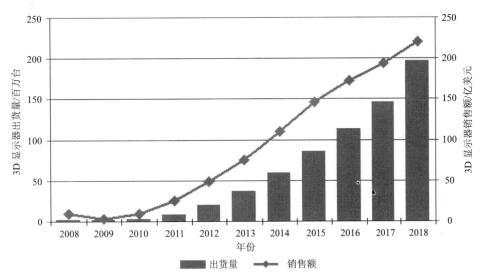

图 2-12 世界 3D 显示器市场快速发展

资料来源：DisplaySearch Q1'10 Quarterly Worldwide 3D Forecast Report

针对 3D 电视的普及率，DisplaySearch 的预测认为，2010～2015 年，全球 3D 电视的市场销售额将从 11 亿美元增加到 158 亿美元，出货量将从 120 万台增加到 1560 万台。到 2014 年，美国市场上 25% 的家庭、欧洲市场上 15% 的家庭都会使用 3D 电视；到 2018 年，3D 电视全球出货量更会达到 6400 万台，市场销售预期达到 170 亿美元。

据调研公司 iSuppli 对 3D 电视的发展显然更为乐观，其最新报告显示，按照 80% 的年增长率计算，到 2015 年，3D 电视的出货量将从 2009 年的 420 万台增长到 7800 万台。

尽管对未来 3D 电视市场规模的预测在数字上存在差异，但毋庸置疑的是，3D 电视的高速发展已是大势所趋，其对未来整个彩电业发展的影响将举足轻重。

英国 Futuresource Consulting 公司在其发布的《"3D 冲击波"报告》中，预计未来 3～5 年，全世界有望进入 3D 时代，3D 将成功实现商业运营，具体发展分为两个阶段：第一阶段从 2009 年至 2011 年，被称为"酝酿阶段"，3D 电影得到发展和市场认同，3D 影院得到扩展，电视机厂商开始跟进多格式的"3D 就绪电视机"(3D-Ready TV)，视频点播运营商开始推出 3D 电影、3D 音乐会以及 3D 运动节目，3D 电脑游戏继续高速发展；第二阶段指 2011 年后全球将进入"渗透阶段"，将通过"蓝光光盘(容量 50GB)"，重新发行《星球大战》、《黑客帝国》、《指环王》等经典影片。运动节目、野生动物纪录片、电视剧等也涉足 3D 领域。

三维立体显示技术对当前显示产业来说是一场革命，它给显示产业创造的发展空间以及为人们带来的娱乐性体验不亚于 CRT 显示技术向平板技术的转变。3D 产业将是未来十年新的经济增长点，把它作为一种战略性新兴产业来发展，是非常必要的。3D 将成为推动全球电子产业发生巨变的关键力量之一，它将颠覆传统的显示方式，而这不仅仅是终端显示器的更新换代，更是覆盖内容制作、传输、存储以及外接设备的全产业链转换。当然还包括今后我们看到的所有影像节目，其中蕴藏着巨大的市场需求，是整个信息产业发展的重要拐点。

三维立体显示器与 TFT、PDP、OLED 等平板显示器件产业的发展密切相关。国外飞利浦、夏普、三星等公司基于液晶显示技术，在市场上推出了无需佩戴眼镜的基于双目视差方式的第一代三维显示器件。与此相对应，美国、欧洲、日本都相继进行了 3D 数字立体频道的尝试与实践。美国职业篮球联盟、TNT 电视台和 Cinedigm 公司 2009 年首次联合对《NBA 全明星周末》进行 3D 化直播，英国天空电视台从 2009 年开始推出三维立体电视节目，并将以 3D 的模式转播 2012 年伦敦奥运会。日本成立了 3D 产业联盟，负责推广 3D 电视产品及应用，其成员包括三洋、夏普、索尼等。国内创图视维、TCL 等企业也相继推出了裸眼三维立体显示产品。

但是对双目视差立体显示而言，人眼的单眼聚焦点在屏幕上，而双眼的交汇点却在屏幕前或后方，这与人眼观看自然物体时的情况不同，因而在显示景深范围较大的三维图像时，运用双目视差方式立体显示容易导致视觉疲劳，甚至产生不适感。

另外，三维节目源缺乏也是影响三维立体电视推广的因素之一。但是我们应该看到，目前发达国家都已经逐步推出三维立体电视广播，相关产业链也在不断完善，这将会促进三维立体显示技术产业的发展。

从目前产业发展现状来看，二维和三维显示相兼容的、实现真三维显示的三维立体显示技术将是产业发展的主要方向。

第三节　平板显示产业发展面临的突出问题

我国内地的平板显示技术和产业经过多年的努力，已奠定了发展的基础，但面临的形势也相当严峻。我国内地平板显示技术与产业与世界领先国家和地区的差距主要体现在以下几个方面：

第一，企业的产能规模较小，未达到可持续发展的最小经济规模。当前，平板显示产业处于以规模扩张为主要趋势的发展阶段，而我国内地的 TFT-LCD 领军企业的产能规模也只相当于全球排名第四的企业产能规模的 1/10，这就使我国平板显示产业在激烈的规模竞争中处于十分不利的地位。

第二，产业链不完善，尚未形成支撑面板产业的本土化配套产业链体系。日本在上游产业链本土配套方面接近 100%，韩国、我国台湾地区的上游产业链本土配套率也超过 50%，而我国内地目前尚不足 20%。

第三，融资渠道不畅，融资政策不完善，制约了企业及时投资，扩充产能规模。相对于日韩而言，我国台湾地区也是 TFT-LCD 后发展的地区，但多元化和灵活的融资政策与环境，使得我国台湾地区的企业在行业低谷时仍能持续不断的保证投入，最终形成了与韩国抗衡的产业规模。反观我国内地，融资政策较为死板，融资环境也不宽松，在行业低谷时，企业往往难以获得投入资金，以致错失最佳投资时机，产能规模难以扩大。

第四，国家在对企业的创新支持和创新机制上尚有很多的不足，产业人才短缺。创新是企业持续发展的保证，但目前我国内地企业总体实力难以独立支撑巨大的研发投入，无法使他们从追赶者变成领先者，国家在对企业的创新支持和创新机制上尚有很多的不足。另外，目前我国内地的大学还没有形成一套针对平板显示产业人才的教育体系。显示人才的培养工作十分滞后，这将严重制约我国显示产业的发展。

第五，缺少共性核心技术的研发平台。我国内地在全球显示领域进行转型和规模扩展的第一个过程中未能抓住先机，失去了规模优势和在前期阶段缩短差距的机会，但平板显示技术有很大的延续性，不论是 TFT-LCD、

OLED、柔性显示或其他技术，均有共性技术。因此，尽快建立可长期发挥作用的共性技术的研发平台，进行技术创新，缩短差距是非常紧迫的任务，但我国内地尚没有这方面的方案和措施。

第三章　新型显示技术发展现状和趋势

显示技术的发展主要经历了两个阶段：

(1) 20 世纪初阴极射线管(CRT)带来了第一次显示器革命；

(2) 20 世纪 90 年代初平板显示(FPD)带来了第二次显示器革命，它包括平板型显示和投影式显示。平板型显示主要有液晶显示(LCD)、彩色等离子体显示(PDP)、有机发光显示(OLED)以及电纸书(EPD)等。投影式显示包括 CRT 投影、LCD 投影、数码投影(DLP)、激光投影技术(LDT)也在不断研发之中。

平板显示(FPD)相对于传统阴极射线管(CRT)而言，属于新型显示技术，按工作原理可以分为发光型与非发光型两大类。

发光型平板显示技术主要有等离子体显示(PDP)技术、电致发光(EL)显示技术、有机发光二极管(OLED)显示技术、场致发射显示(FED)技术等。如图 3-1 所示。

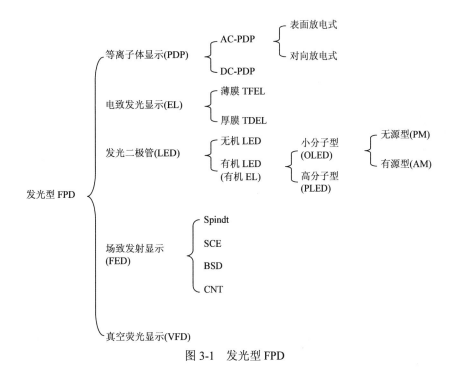

图 3-1　发光型 FPD

非发光型平板显示技术主要有液晶显示(LCD)技术、电泳显示(EPD)技术等，其中液晶显示技术又分为有源驱动液晶显示(AM-LCD)技术和无源驱动液晶显示(PM-LCD)技术，如图 3-2 所示。

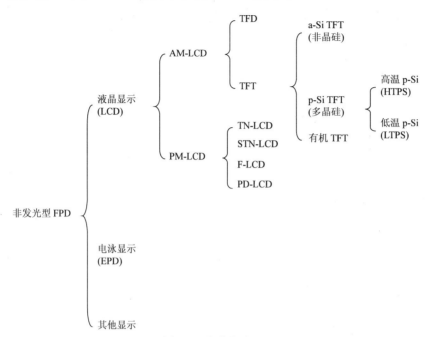

图 3-2　非发光型 FPD

平板显示原理虽早在 40 多年前就已经提出，但直到最近 20 年才逐步发展起来，并朝着多元化的方向发展。在 FPD 技术中，各分支技术之间有着很大的差异。

第一节　国际新型显示技术发展现状和趋势

一、TFT-LCD

当今，TFT-LCD 技术已经成熟。TFT-LCD 的核心技术主要包括以下几个方面。

(1) 材料技术：如液晶、玻璃、偏振片、彩色滤光片等关键材料的制备技术。

材料技术最主要的是玻璃基板，其制造技术主要被美国康宁、日本电气硝子和日本旭硝子控制和掌握。其中，美国康宁占据 51%的市场份额，日本旭硝子占据 28%的市场份额，而能够为 5 代以上生产线提供配套的也只有这三家，虽然玻璃基板只占据 TFT-LCD 产品成本的 6%~7%，但是却是"卡脖子"的关键材料，也是利润最丰厚的材料。

占 TFT-LCD 成本 25%以上的彩色滤光片(CF)基本都控制在日本凸版印刷和大日本印刷手中。其中，日本凸版印刷占全球市场的 20%。实际上，全球绝大部分 CF 厂商的技术都是由凸版印刷和大日本印刷两家授权的。

(2) 驱动技术：驱动 IC、时序控制 IC 等电路的设计与制造。

(3) 设计技术：TFT 阵列设计、像素设计技术、布线设计、彩膜阵列设计、液晶盒设计、模块设计、功能设计、部件设计、材料设计、新器件设计。

(4) 设备技术：设备设计与制造技术，主要包括成膜、光刻、摩擦、液晶注入、成盒等。TFT-LCD 设备技术中的核心是金属和非金属材料的 CVD、溅射等成膜设备及曝光设备。成膜设备主要由美国 AKT 公司、日本 ULVAC 等垄断，曝光设备主要由日本尼康、佳能、大日本科研等垄断，这些厂家拥有大量的设备专利技术。其他设备，如清洗设备、涂胶设备、显影设备、干/湿刻蚀设备和剥离设备、摩擦设备、液晶注入设备(ODF 液晶注入技术)、封装设备、贴片设备、精密检测设备、激光修复设备、控制设备及管理软件等基本上都掌握在日本和欧美厂商手中。

(5) 生产控制技术：自动化集成、流程控制。

(6) 画面控制技术：图像增强技术。

(7) 宽视角技术：液晶面板的广视角技术是液晶电视得以迅猛发展的基石之一。与计算机显示器相比，电视(特别是数字电视)对图像、色彩真实性和动态响应的要求不断提高，收看电视的行为特点是距离较远、多人同时观看、不同的姿态等。液晶的广视角技术就是要解决液晶显示技术与生俱来的缺点，使得图像的对比度、色度和亮度在大视角度范围内保持均匀，同时也要具有较快的响应速度。目前，已经用于量产的液晶电视面板广视角技术分别为 VA 技术和 IPS 技术。此外快速响应、高对比度、广色域等技术的开发和大尺寸液晶面板生产工艺技术、新材料的应用技术的迅猛进步、零部件技术革新等因素也促进了液晶面板成本迅速降低的同时显示性能不断提升，推进了液晶面板的电视应用。

目前，应用广泛的是 TN+Film 广视角技术，它只是在原来液晶面板上增加一道贴膜工艺，该技术成本低廉，所以广泛应用在低端市场，遗憾的是，TN+Film 可视角度无法达到 160 度以上。IPS 由日本日立公司 1995 年发明。依靠 ISP 技术，NEC 公司成功开发了 SFT(超精度 TFT)广视角 LCD 技术，现代公司成功开发了 FFS(fringe field switching)广视角 LCD 技术，随后又有很多技术诞生，如富士通的 VA、MVA 技术、夏普的 CPA 技术、NEC 的 Extra View 技术等。目前，液晶的视角问题基本解决，在对比度大于 10∶1 的情况下，视角达到 170 度。

(8) 快速响应技术：液晶改性技术、超薄液晶盒技术、过驱动技术、OCB、蓝相液晶技术等。

(9) 背光技术：LED、CCFL、光导板、逆变器、光学膜、场序技术等。

2000 年，美国和欧洲开发出代替直下式 CCFL 光源的平板荧光灯背光源；2004 年，日本索尼开发成功 LED 大屏幕液晶电视背光源；2006 年，韩国三星展出了无彩膜 LED 场序列背光源。

背光源占 TFT-LCD 成本的 23%～38%，其关键材料，如 CCFL 灯管、增亮膜、导光板等，绝大部分都掌控在日本厂商手中。日本旭化成、三菱螺荣、住友化学控制了 80%的导光板市场；美国 3M 公司控制背光源大部分光学膜片技术与市场；日本富士写真占据 80%以上的 TAC 薄膜和 95%以上的补偿膜市场；日本电工和大日本印刷占据了 90%以上的抗眩膜份额；日东电工、三立、住友化学等大厂商控制了占 TFT-LCD 成本 12%～15%的偏光片市场。

(10) 制造技术：工艺技术，3/4 次光刻(从 5 次光刻到 4 次光刻、3 次光刻。2003 年投入使用。7.5 代 TFT-LCD 生产线开始采用 3 次光刻技术)，在线检查。

(11) 组线技术：工艺设计，厂房设计，动力匹配，设备选型，材料配套，环保控制，管理系统集成。

(12) 高迁移率 TFT 技术：高温多晶硅，激光退火低温多晶硅，金属诱导低温多晶硅，氧化物 TFT，有机 TFT 等。目前，主流的 TFT-LCD 面板有非晶硅薄膜晶体管 (a-Si) TFT 技术和低温多晶硅(low temperature poly-silicon, LTPS)TFT 技术。其中，a-Si TFT-LCD 技术应用具有成本较低、易于大面积制作、生产效率高、良品率高等特点，目前几乎覆盖了所有尺寸的直视型液晶显示产品。而 LTPS 技术目前更多的应用于中小尺寸液晶显示器。

最近 5 年 TFT-LCD 专利按技术分类主要集中在 TFT 阵列设计的改进上，一共有约 1600 项；其次是低温多晶硅技术，一共有约 600 项；此外工艺技术 300 多项，液晶盒技术近 300 项，驱动技术 200 多项，彩膜技术约 80 项。

韩国的专利数量最多，近 2000 项，其次是美国 700 多项，日本约 300 项，我国台湾地区 140 多项，欧洲不到 10 项。中国内地介入 TFT-LCD 大规模生产技术领域的时间较短，现在形成的自主知识产权较少，近年来呈快速增长趋势。

总之，未来几年，TFT-LCD 产品技术向超高分辨率(超高解析度)、更大尺寸、超高对比度、更丰富色彩(高色域)、高动态响应(动态分辨率)、更低功耗、更多功能集成、更轻更薄等方向发展；TFT-LCD 工艺技术向减少掩膜板、采用高迁移率 TFT 技术、喷墨打印(Ink-jet)技术、激光刻蚀技术等方向发展，不断实现价值提升与成本降低。

二、PDP

同样，PDP 显示技术也已成熟。目前，PDP 的主要核心技术还是掌握在日立、松下、富士通、三星、LG 等 5 家手中。关键的核心技术主要集中在制造(包括重大装备)、驱动、结构、工作原理等方面。目前已经申请的专利达 3500 项左右。5 家掌握 PDP 核心技术的厂家都有独到之处。其主要技术包括如下几个方面。

(一) 关键原材料技术

化工材料和面板结构设计是 PDP 核心技术之一，目前在材料方面的研究主要是低成本材料开发和高效发光材料的研发，以及未来新型 PDP 产品所用新材料的开发。与PDP材料研发相结合的PDP面板结构技术主要包括发光单元结构、显示电极结构、障壁结构等方面。

（二）器件开发技术

PDP电路成本占据模组材料成本的75%左右，相关器件的研究主要包括高性能、低成本各类IC和器件的研究；与其相结合的驱动技术的研发，也是PDP的另一核心技术。另外，去掉散热片及减少背板零件数量、使用小而薄的零件、驱动线路外置等措施也是目前轻薄模组设计的主要方向。

（三）制备工艺技术

PDP制造工艺技术主要包括电极制作工艺技术、障壁制作工艺技术、荧光粉的制作工艺、透明介质和白介质制作工艺、MgO保护层的制作工艺、封接排气充气工艺、集成化制作等技术。

目前，PDP正在向高亮度、高分辨率(全高清/高清)、高画质、长寿命、低功耗方面发展(图3-3、表3-1)。其中主要通过对气体、开口率、电极结构、障壁结构、驱动线路等进行研究和开发，达到低功耗、高效率显示的目的；通过对新型电极浆料、介质浆料、障壁浆料、荧光粉浆料、高速驱动技术及FHD的单扫技术等的开发，达到提高亮度和分辨率的目的；通过简化制造工艺技术、研发新型工艺设备等，降低制造过程的废损等手段提升PDP产品成本竞争力。

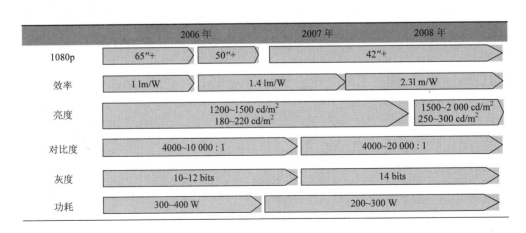

图3-3　PDP技术发展趋势

　　　　第三章　新型显示技术发展现状和趋势

表 3-1　低成本 PDP 技术发展方向

年度		2006 年	2007 年	2008 年	2009 年	2010 年
面板	面板 台阶玻璃	2.8T	1.8T	1.8T	1.2T	1.2T
	玻璃	PD200	PD200	PD200	SODA	SODA
	玻璃	ITO 涂层	ITO 涂层	ITO 无涂层	ITO 无涂层	ITO 无涂层
	滤光片	Glass 2S	Glass 3S	Glass 1S	过滤膜	无膜
逻辑电路	数字电路	192 ch	256 ch	383 ch	384 ch	385 ch
	D,电压	50 V	40 V	40 V	30 V	30 V
	扫描电路 (全高清)	双	双	单	单	单
机壳		AL	Fe	Fe	框架结构	框架结构

三、OLED

OLED 具有全固态、主动发光、高对比度、超薄、低功耗、无视角限制、响应速度快、工作范围宽、易于实现柔性显示等诸多优点，被业界认为是最有发展前景的新型显示技术之一，它将成为未来 20 年成长最快的新型显示技术。同时，由于具有可大面积成膜、功耗低以及其他优良特性，OLED 还是一种理想的平面光源，在未来的节能环保型照明领域也具有广泛的应用前景。

OLED 技术的研发单位较多，但核心技术主要掌握在欧美手中。主要包括三家公司：Eastman Kodak (柯达)、Universal Display Corp.(UDC)、Cambridge Display Technologies Ltd.(CDT)。这三家公司掌握了 OLED 器件、材料及制备工艺的大部分核心专利。它们主要依靠技术授权的方式获取 OLED 产业的高端利润。

在 OLED 材料方面，OLED 发光材料的发展非常迅速，红、绿、蓝三色材料的发光效率和发光寿命均基本满足实用化需求。但色纯度、发光效率、寿命的进一步提高依然是今后一段时间内的主要工作，特别是色纯度好、发光效率高的深蓝色材料仍然是 OLED 的主要瓶颈之一。此外，适用于 AMOLED 的有机材料开发仍然有广阔的研究空间。

在 OLED 器件设计和制备方面，PMOLED 技术及其制造工艺已经成熟，并已进入了产业化阶段。中小尺寸的 AMOLED 显示技术也已取得重要突破，进入产业化初级阶段。大尺寸 AMOLED 显示技术是当前技术研究的重点方向之一。

AMOLED 器件及生产工艺技术的研究主要包括新型 OLED 器件结构及制备工艺的开发、TFT 基板技术的开发。其中，TFT 基板技术是制备 AMOLED 器件的关键技术。TFT 基板技术包括以下几种类型：非晶硅 TFT 技术(a-Si TFT)、低温多晶硅 TFT 技术(LTPS TFT)、微晶硅 TFT 技术、有机薄膜晶体管技术(OTFT)、氧化物 TFT 技术等。LTPS TFT 拥有较高的载流子迁移率，是目前量产的 AMOLED 显示器的主要技术，但制备工艺仍有缺陷，成品率较低，而且目前最大的 LTPS 基板只能做到第 4.5 代生产线，限制了大尺寸显示器的制作。a-Si TFT 可以延续液晶的技术，工艺简单、成熟，成本低廉，基板尺寸可以做到 5 代线以上，但存在迁移率低、稳定性差等缺点，研发进展缓慢。OTFT 技术适合软屏制备，相比硅晶体管，OTFT 的工艺也要简单得多，但是 OTFT 技术还处于基础研究阶段。氧化物 TFT 工艺简单，一致性和迁移率介于 LTPS 和 a-Si 之间，是一种很有希望的 TFT 技术，但目前还处于前沿开发阶段。

大尺寸彩色 AMOLED 显示器的研究受到世界各大企业的重视。自 2003 年开始，许多大公司都投入了大尺寸 OLED 技术的开发与研究。

2003 年，索尼率先在全球开发成功 24 英寸 LTPS OLED 面板，2005 年研发成功 3.8 英寸 AMOLED 产品，并用于 PDA。2007 年年初，索尼成功开发 27 英寸(分辨率 1920×1080、厚度 10 mm)及 11 英寸(分辨率 960×540、厚度 3 mm)OLED 的高清电视产品(图 3-4)，并已于 2007 年 11 月小批量生产 11 英寸产品。

图 3-4　索尼开发的 27 英寸和 11 英寸 AMOLED

第三章　新型显示技术发展现状和趋势

三星 2005 年成功开发 40 英寸 a-Si AMOLED 面板(图 3-5)(分辨率 1280×800、亮度 400 cd/m²、对比度 1000:1)及 17 英寸 LTPS AMOLED 面板(图 3-6)(分辨率 1600×1200、亮度 400 cd/m²、顶发射技术),2008 年成功开发 31 英寸 OLED TV。三星 SDI 2006 年投资 4.5 亿美元建成了 LTPS AMOLED 4 代生产线(730×920),2007 年下半年投产,月产 2~2.6 英寸手机屏 150 万只,2~3 年内产品扩展到 40 英寸平板电视。

图 3-5　三星 40 英寸 AMOLED

a-Si TFT 基板,快速响应时间(微秒级);有机材料:小分子;制程:蒸镀法;彩色像素(显色方式):白光+滤色膜;分辨率:1280×800(RGBW);厚度:1.4 mm;亮度:400 cd/m²;对比度:大于 1000∶1;可视角度:大于 170 度;色域:80%

项目	规格	单位
对角线尺寸	17	英寸
长宽比	4∶3	
分辨率	UXGA*	
像素数	1600×RGB×1200	
像素间距	72×216(118ppl)	μm
发光结构	底发光	
有效面积	345.6×259.2	mm
屏体尺寸	363.6×281.4	mm
扫描驱动程序	内部集成	
开口率	～30	%
色彩度	262 114	彩色
全白亮度	400	cd/m²

＊注:UXGA 指一种显示标准,一般和数字连起来表示,如 UXGA 128×64,整体表示分辨率。

图 3-6　三星 SDI 开发的 17 英寸 LTPS AMOLED

LG 现有两条 370×470 OLED 生产线，原先生产 PMOLED，现已改做 AMOLED，并已开发 2.2/2.4/3 英寸 AMOLED 产品。

我国台湾地区企业奇美(CHIMEI)2003 年 5 月开发出 20 英寸 a-Si AMOLED 面板，2006 年又成功开发 25 英寸 LTPS AMOLED，2007 年下半年开始量产 2 英寸 QCIF、2.2/2.4/2.8 英寸 QVGA 产品，产能已达到月产 40 万只。

在高分子大尺寸 AMOLED 开发方面，2004 年荷兰皇家飞利浦电子公司开发了 13 英寸有源高分子 OLED 面板，爱普生开发了 40 英寸的高分子 OLED 面板，美国杜邦显示公司和英国 CDT 公司先后开发出 14 英寸的全彩色面板，日本 TMD(东芝与松下合资公司)开发成功 20.8 英寸有源高分子 OLED 面板，分辨率 1280×768，显色数为 1678 万色。

OLED 由于具有自发光和薄膜结构的优点，因此在柔软显示领域具有显著的优势。全球多家研发机构和企业都开展了对 OLED 柔软显示器的研发，包括美国 UDC 公司、杜邦公司、日本东北先锋、索尼、韩国三星、北京维信诺等多家公司和研究机构推出了柔软 OLED 样品。2009 年，UDC 和 LG 合作开发了柔性 OLED，用于军事领域的手臂显示器。然而，困扰 OLED 柔软显示的主要问题是器件的寿命很短、制作过程中基板的形变无法控制，因此解决基板的气密性和封装技术及显示器的制作工艺是 OLED 柔软显示器的主要课题。

由于具有可做面光源、节能、低热量、重量轻和薄型化可柔性照明的特点，照明成为 OLED 的另一个重点的研究方向，被认为是下一代的照明技术。目前在实验室开发的 OLED 光源的最高发光效率已经达到 102 lm/W，最长寿命超过 1 万小时(表 3-2)。一般认为，发光效率达到 18 lm/W 时即可满足照明应用，达到 50 lm/W 即可进入照明市场。目前，国外三大照明公司(欧司朗、飞利浦、GE)都有 OLED 照明量产计划。Lumiotec 就是日本一家专门为 OLED 照明应用成立的新公司。目前，市场上推出的 OLED 照明产品的发光效率约为 20 lm/W，寿命为 6000 小时，但成品率和照明亮度还不理想。可见 OLED 要进入照明领域，需要解决的主要问题是光源产品的发光效率、寿命及低成本技术的研究开发。

表 3-2　几种照明技术的比较

光源	效率 /(lm/W)	显色指数	寿命/小时	形态	电压 /V	频闪 /Hz	环境友好性
白炽灯	15	80~100	几千	非固态点光源	220	50	能效低，耗电量大
荧光灯	80	70~80	几千	线光源	220	50	紫外辐射、汞污染
LED	<193	~90	>10 000	固态电光源	<3	无	高效节能、无污染
OLED	<102	70~100	>10 000	固态面光源	<5	无	高效节能、无污染

OLED 技术已经初步满足实用化的要求，并在材料、彩色化、大尺寸、柔软显示、照明以及生产工艺等方面都还有很大的发展空间。从长远来看 OLED 未来将沿着中小尺寸—大尺寸—超大尺寸、无源—有源、硬屏—软屏的方向发展。

四、激光显示

由于激光单色性好，色纯度极高，按三色合成原理，它在色度图上形成的三角区域最大，因而与现有其他显示技术相比具有不可取代的优势。因此，利用激光实现彩色显示引起人们的极大兴趣，成为当前一个十分活跃的研究领域。

激光显示技术的核心关键技术包括：

(1) 红绿蓝三基色激光光源，它决定了基于激光显示技术的终端显示产品的色域空间、寿命以及工作方式，是最核心的关键技术。

(2) 光学引擎，决定了显示图像分辨率、对比度、亮度等综合性能指标，主要有 LCD、DLP 和 LCOS 三种技术。

(3) 匀场及消相干技术，直接影响着显示器的效率和图像性噪比。

(4) 大色域图像的信息处理技术，包括数字信号的压缩、存储、传输和解调。

激光显示技术的核心关键技术之一是红绿蓝三基色激光光源，它决定了基于激光显示技术的终端显示产品的色域空间、寿命以及工作方式，是最核心的关键技术。因此，作为激光全色显示的关键技术，红、绿、蓝三基色激光器也已成为当前国际上研究的热点。

近年红绿蓝三基色激光光源获得了一定的突破：首先，以红外全固态激光进行谐波变换产生红绿蓝三基色激光的技术，在小型化方面取得了突破，由此韩国和美国做出了袖珍式前投影机(手机投影仪)，首开便携式激光投影机先河。其次，美国康宁(Corning)公司利用 1060 纳米半导体激光器通过 PPLN 直接倍频制备绿光激光器，取得了很好的成绩，制备出了世界上体积最小的功率超过 100 毫瓦的可高速调制的绿光激光器。美国Novalux 公司以高功率垂直腔面发射扩展腔激光器为基础，通过周期极化的非线性光学晶体材料获得高功率、小体积红绿蓝三基色激光器，在半导体激光技术和非线性光学技术相结合发展激光显示技术方面进行了一次可喜的尝试。最后，消相干技术方面，美国 Novalux 公司同样取得了不错的进展。通过直接开关光源和数字光处理元件，向屏幕投影，使各种颜色的激光分别通过光纤，传播到光学引擎上，利用光纤内的多重反射，打乱光的波阵面，从而减轻激光器特有的光干涉导致的图像斑点。

光学引擎是激光显示系统的核心组成器件，在激光显示中发挥着视频图像编解码、图像调制以及图像生成与再现的作用，它的选择直接决定了显示系统的整体架构和主要技术特征。国际上高端光学引擎主要采用LCD、DLP 和 LCOS。

DLP 光学引擎技术是美国 TI 公司 1996 年开发成功的一种反射式光学引擎，拥有卓越的图像可靠性(测试显示 DMD 芯片可稳定工作超过 10万小时)，卓越的对比度比率、能够显示更加精锐的图像和提供优质的视频性能，是一种非常成功的光学引擎。国际上最大的数字电影放映设备供应商(美国科视公司、比利时巴可公司)均使用 DLP 光学引擎生产激光数字电影放映设备。然而，由于 DLP 技术的高度复杂性，目前该技术被美国 TI 垄断。

LCOS(liquid crystal on silicon)光学引擎光利用效率高，可达 40%以上，与 DLP 相当；且体积小，可将驱动 IC 等外围线路完全整合至 CMOS 基板上，减少外围 IC 的数目及封装成本，并使体积缩小；分辨率高，可达到4K 分辨率水平，是激光数字电影放映设备的一种技术解决方案，日本索尼公司与 JVC 公司就基于 LCOS 技术开发了数字电影产品。此外，LCOS与 DLP 技术相比还有一项优点，即 LCOS 无专利权的问题，而 DLP 技术则是美国 TI 公司的独家专利，必须获得授权才能使用。

激光显示技术路线从图像生成方式上分为扫描式和投影式。由于扫描式激光显示在一些关键技术环节上未得到突破，目前还处于原理研究阶段；而投影式激光显示在原理研究阶段的主要关键技术环节都得到了有效解决，实现了高质量图像的效果演示。国际上正在开展大规模生产阶段所需的实用化技术攻关，这在产品生命周期中处于导入期阶段。开展产业化技术攻关已成为现阶段竞争的重点。

在日本，相关企业和研究机构大力研发激光显示技术，谋求在未来竞争中获得绝对优势，包括索尼公司、三菱电气、松下、东芝、爱普生、日亚化学等公司。

索尼公司以微电子工业基础为依托，开发了适用于激光电视的图像调制器件——光栅光阀(GLV)。该技术利用静电力驱动微机械铝条形成可变光栅，对激光进行衍射调制、线阵排列，通过扫描镜进行图像快速扫描，从而获得高清晰度图像。2005 年，日本索尼公司在拼接技术基础上，集成出一套 500 平方米的激光影院，用于爱知世博会，向世界展示索尼公司的最尖端成果。

三菱电气将大功率红绿蓝三基色激光器应用于 DLP 背投电视(图 3-7)，2006 年 2 月宣布研制成功激光背投电视，能够表现大色域颜色、支持 xvYCC 影像规格。在技术特征方面，直接通过开关光源和 DLP 元件，向屏幕投影。使各种颜色的激光分别通过光纤，传播到光学引擎上。利用光纤内的多重反射，打乱光的波阵面，从而减轻激光器特有的光干涉导致的图像斑点。三菱电气的激光电视产品已经于 2008 年 12 月在美国市场进行早期的市场试销售。

日本松下公司采用光纤激光器通过 PPMgOLN 晶体倍频产生可见光激光，然后光纤耦合输入到 DLP 光学引擎中，研制出 60 英寸激光电视样机。

在韩国，家电巨头三星电子也宣称将在未来的 3～5 年将激光显示推向市场。三星电子正在研发的空间光线调制器(spacial optical modulator, SOD)技术就是其中之一，目前研究原型已经有 1080 个像素点，原型使用红、绿、蓝三色激光作为光源以产生图像。

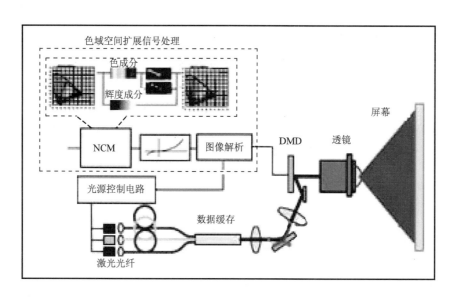

图 3-7 三菱电气公司激光电视示意图

在欧美，Microvision 公司开发了 PicoP 显示引擎，将嵌入式激光投影模块安装在手机内。Symbol、Light blue optics 等公司也致力于研发应用于手机的激光投影技术。目前，三星、摩托罗拉等公司都有计划采用上述公司的技术和模块，在市场上推出具有投影显示功能的手机。

五、EPD

虽然电子墨水显示早在约 30 年前就已有研究，但达到能应用化程度则是近些年的事。这主要得益于纳米技术、微胶囊技术、微电子技术和材料改性等新材料技术及其器件集成技术的发展，近几年来，有关纳米电子墨水显示技术的各国公开报道的专利已有数百篇之多，技术发展十分迅速。

基于电泳技术的 EPD 技术主要采用两种技术路线：微胶囊电泳显示技术和微型杯电泳显示技术。其中，微胶囊技术由于工艺相对简单、可选材料面广、产品调控余地大等优势，发展较为迅速。目前市场上采用电子墨水显示屏的电子书或信息显示屏等产品主要是微胶囊电泳显示材料。

国际上开发电泳显示材料的公司主要有三家，美国的 E-Ink 公司(已被元太收购)和 SiPix(原名"矽峰"，现改名为"达意")公司、日本的普利司通(Bridgestone)公司。美国的 E-Ink 公司是微胶囊电泳显示技术的代表，该

　　　　第三章　新型显示技术发展现状和趋势

公司在 EPD 技术和终端产品开发方面走在了最前面。在有源 EPD 显示屏方面，E-Ink 公司自 2001 年开始，先后与飞利浦、凸版(Toppan)、Plastic Logic 公司等联合推出硬基板、柔性基板的有源 EPD 显示屏。在终端产品方面，E-Ink 公司与索尼公司和飞利浦公司联合，于 2004 年在日本推出了电泳显示电子书，于 2006 年在美国推出了电泳显示电子书，这是目前最接近纸张对比度的电子产品。该产品为黑白显示，利用柔性显示层与玻璃薄膜晶体管结合，使重量比液晶类电子书轻许多(只有 190 克)。美国的 E-Ink 公司还与德国的 Vossloh 公司在欧洲推出了类纸式信息显示屏，主要服务于欧洲交通系统。E-Ink 公司还与韩国的 Neolux 公司推出了类纸式广告屏，主要服务于韩国的零售业和商场。美国的 SiPix 公司是微型杯电泳显示技术的代表，展示有电泳显示屏样品并有小量产品推出。日本的普利司通公司也展示了一些电泳显示屏样品，但没有产品推出。

由于单/双色电纸书技术应用范围有限，为了扩大其应用市场，则需发展具备彩色显示的电纸书技术。现在部分电纸书技术开发厂商包括 E-Ink、普利司通、富士通等，正在进行电纸书显示技术彩色化，如 E-Ink 公司曾采用黑白显示屏加彩色滤色片实现彩色显示，但效果不理想。除此之外，提高反射率和发展柔性显示器模组是电泳 EPD 显示技术的攻关内容。

目前，产业化发展较为迅速的电纸书显示技术还包括荷兰 Liquavista 公司开发的基于电润湿技术的电纸书显示。Liquavista 公司已经于 2008 年在广东东莞建立其第一代产品的生产线。与 E-ink 相比，基于电润湿技术的电纸书显示可以实现更高的对比度，多灰阶的彩色显示，以及低功耗的视频动态显示。

由于纳米电子墨水显示技术还处于彩色显示的商业化初期，目前的主要任务是尽快完善彩色显示技术，开发市场。其技术发展趋势可总结为如下几个方面：

一是静态显示向动态显示发展。目前开发的电子纸张大多只能显示单色静态图像，但有的制造商正开发能够进行显示彩色以及动态图像的产品。现有产品的响应时间大约为 150～200 毫秒，与 LCD 显示器的 16 毫秒相比慢很多。要想提高电子纸的动态显示效果，提高其响应时间是当务之急。二是双色显示向彩色显示发展。有可能采用的彩色技术是通过层叠彩色滤色器来实现，这在不久的将来就可以实现，如果能提高响应速度，则还能支持动态彩色图像显示，但以目前的技术水平实现起来还比较困难。三是硬质显示向柔性显示发展。四是从成本偏高向低生产成本发展。五是小尺寸向大尺寸发展。六是低分辨向高分辨发展。七是应用领域不断扩展。

六、三维立体显示

如果说从黑白电视机到彩色电视机是第一次革命、从 CRT 电视机到平板电视机是第二次革命，那么立体电视机的出现，将是电视发展的第三次革命。在 2009 年美国的 CES 和日本的 CEATEC，到特别是在 2010 年的 CES 和德国的 CeBIT 展览会上，3D 电视机吸引了无数参观者的眼球。人们观看事物本来就是立体的，3D 电视机回归自然，魅力无穷。看过 3D 节目的人们，都对 3D 电视机未来的发展潜力表示认同。3D 电视机为平板显示找到了一条新的出路，也将使世界消费电子业重新振作起来。2010 年的国际消费电子展(CES)成为 3D 电视机发展的分水岭。

鉴于立体显示技术涉及光学、微加工工艺、电子等多个领域，因此前期投入非常巨大。为了加快研制，各大厂商之间进行了横向合作，各国都成立相关组织推动 3D 立体影像技术与产业的应用发展。三维立体显示技术可以分为三类：

第一类是需要配戴辅助眼镜或头盔的立体显示技术，包括左右眼图像的偏振光调制技术、时间域调制技术和使用滤色片的颜色域调制技术等。其优点在于观测者不受位置限制，可直接使用当前任意显示器作为图像源，且立体图像的拍摄和合成算法相对简单。但由于需要配戴辅助设备，这一类立体显示器的应用范围受到限制。目前，三星、现代(Hyundai)等公司都已经推出基于大屏幕平板显示面板的相关产品。

第二类是裸眼直视的双目视差立体显示技术，该类技术主要通过光学系统将左右眼图像分别在空间不同方向进行传播，从而在特定位置使左右眼观看到不同图像内容来实现立体显示。这一类技术通常采用平板显示器件作为二维图像显示屏，其优点是结构简单、屏幕薄，可以应用于户外广告和视频娱乐等方面，是当前产业化发展的主流。具有代表性的有飞利浦公司利用液晶各向异性折射率设计的柱状棱镜(lenticular lens)立体显示器和夏普公司利用液晶像素的开启和关闭设计的视差隔条方式(parallax barrier)立体显示器。但是对于双目视差方式显示的立体图像，由于左右眼的会聚点和双眼调节角度的不重合，长时间观看会产生不适感和眼疲劳。因此，研究一种能重现三维物体真实影像的真三维立体显示器，是三维立体显示技术迫切需要解决的问题之一。

第三类是真三维立体显示技术，即在三维空间重现物体的影像。真三维立体显示按实现方式又可以分成三种。第一种通常称为三维体显示(volumetric 3D display)，即采用旋转屏幕或多个屏幕在空间的均匀分布实现在不同时间和不同空间位置像素的顺序点亮，由于人眼的视觉暂留效应，从而在大脑视觉皮层感知到三维物体影像的存在。三维体显示通常只能显示透明的三维物体影像，并且由于屏幕旋转等原因，需要辅助机械装置，而机械装置体积通常比较大，因此应用范围也受到一定的限制。国外Actuality Systems 公司在三维体显示方面成功推出了相关产品，预期应用领域包括医疗、娱乐、广告等。第二种是电子全息立体显示(electro-holography display)。目前，美国 MIT 和英国 QinetiQ 公司都研制了全彩色原型样机，以克服全息图像的海量计算和显示器件超高分辨率(像素<1 微米)等因素的影响。这两款原型样机成本非常昂贵，可以预见短期内其还只能停留在实验室阶段。日本千叶大学利用现有高分辨率投影液晶针对低成本的电子全息显示方式进行了有益的探索，目前仍需克服图像视角过窄、图像分辨率低、全息图像的高速实时计算困难等问题。第三种是集成成像立体显示(intergral image autostereoscopic display)技术。目前该类技术将透镜阵列与平板显示器件相结合，具有超薄屏幕、自由视角、真三维立体影像等特点。日本 NHK、韩国三星公司在原理样机研制方面较为领先。目前采用一般光学透镜阵列的集成成像立体显示技术仍然存在一些问题：图像 z 轴纵深方向立体信息不足、三维图像的可视范围比较窄、图像的分辨率较差、存在串扰和像差以及不能进行二维和三维显示模式的转换等问题。韩国国立首尔大学提出采用液晶衍射屏克服上述问题。

从发展现状来看，第一代立体显示技术是裸眼直视的双目视差技术，目前主要掌握在少数国外平板显示器厂家手中，其产品已进入广告、娱乐、医疗等应用领域。进一步进入家庭，除需克服视觉疲劳等问题外，还依赖于三维视频广播系统的建立和成熟，第二代立体显示技术是真三维立体显示技术，目前市场上还没有成熟的产品。

除军事用途外，目前 3D 产业化在全球范围内形成了三大基本板块：美国以好莱坞为代表，主要集中在 3D 电影、动画片等内容制作领域；欧洲的产业化则聚焦在 3D 电视系统领域；日本、韩国和中国集中在硬件设备领域。

1. 内容制作

3D 电影既具备视觉的吸引力，又可规避传统影片的盗版问题，并有保证票房的优势，受到好莱坞梦工场和迪斯尼影业的青睐。投资 5 亿美元的 3D 立体电影《阿凡达》在世界各地放映，产生了巨大的轰动效应，《爱丽丝梦游仙境》创下了非常高的票房收入。根据蓝光产业联盟的统计，3D 电影与 2D 电影相比其票房收入要增长 3 倍，当然其制作费用也要高出近一倍。巨大的利益让好莱坞和各国电影公司都在 3D 上投入巨资，而院线也投入巨资进行电影院的 3D 改造。目前，仅我国的 3D 屏幕数量已从不到 80 块极速增长到超过 1000 块，仅次于美国。3D 电影的成功，不仅仅令制片厂和电影院感到兴奋，而且还极大推动了 3D 电视的强劲崛起。

2. 系统

2009 年，TNT 电视台、Cinedigm 公司和美国职业篮球联盟首次联合对 2009 年"NBA 全明星周末"进行 3D 化直播。这是 NBA 体育节目首次实现商业化 3D 公共直播。美国卫星电视公司 DirecTV 新发射的卫星 2010 年 3 月投入运营，并开播全球首个 3D 高清电视频道。美国最大的有线电视服务运营商 Comcast 表示，作为其数字化服务的一部分，将在其网络中播出 ESPN 3D 频道。娱乐体育电视网(ESPN)开通 3D 体育频道直播南非世界杯和 2012 年伦敦奥运会。除了原计划世界杯转播，根据 Comcast 和 DirecTV 的需求，ESPN 承诺提供另外 100 场直播节目。

在美国，越来越多的 3D 节目和频道于 2010 年开播。例如，迪士尼计划开通卡通 3D 频道。3D 节目也被引入到交互式网络电视(IPTV)中，YouTube 等视频网站正尝试推出 3D 视频共享。

在欧洲，英国天空电视台从 2009 年开始推出三维立体电视节目。2010 年 2 月 1 日，英国天空体育台(Sky Sports)首次应用 3D 电视技术向伦敦、曼彻斯特等地数百球迷转播了阿森纳对曼联的足球之战，还推出全欧洲第一个 3D 高清电视频道，正式提供 3D 画面世界杯实况转播。此外，天空体育台还计划通过卫星广播信号将以 3D 的模式转播 2012 伦敦奥运会，全世界的观众有可能在家观看 3D 版的奥运会直播节目。德国电信作为一个电信运营商，于 2010 年 5 月首次尝试进行 3D 电视广播，通过其 IPTV 网络平台现场 3D 直播冰球比赛。

在亚洲，2008 年 10 月，日本奥林巴斯 OVC 和 BS 数字电视的 BS11 频道开始播放 3D 立体影像视频节目，同时该节目的宣传广告也以 3D 影像信号播出。韩国于 2009 年年底开始以有线试播 3D。新加坡在 2010 年 8 月 3D 试播青年奥运会开幕式，并计划将在地面、有线、IPTV 和网络电视 4 大平台同时进行，包括现场体育赛事、电影和纪录片等，这将是世界上第一个全国范围开始 3D 广播的国家。

3. 终端和设备

世界消费电子大厂商争先恐后地投入 3D 电视的开发生产，包括索尼、夏普、东芝、三菱、松下、三星、LG、现代、飞利浦、Spatial View、NewSight、Tridelity、Akira Display 等。

索尼在平板电视上落后韩国企业，因此将 3D 电视作为其未来经营重点。到 2012 年，3D 产品的销售将占索尼消费电子产品一半以上的份额。索尼公司宣布，于 2010 年 6 月开始在日本销售 40 英寸和 46 英寸两种款式的 3D BRAVIA 电视机，2010 年 7 月销售 52 英寸和 60 英寸的 3D 电视机，并在 2010 年年底前销往世界各地。索尼公司预计 2010 年出货 250 万台，2013 年 3D 立体电视将占公司全部电视机出货量的 30%~50%。此外，索尼还将使其 VAIO 笔记本电脑、PlayStation 3 游戏机和蓝光盘机与 3D 技术兼容。

对于松下而言，强化 3D 技术的应用和推广，是其扭转等离子电视市场占有率萎缩的希望。松下在 2008 年 CES 上发布了 150 英寸 PDP 电视，沉寂 2 年后，于 2010 年以新一代"Full Black Panel"为主轴，并结合了 3D 技术，期望能将 PDP 电视起死回生。PDP 相对 LCD 画面更新速度快，

Full Black Panel 更新速度达 120Hz，比市场上一般产品的 60Hz 高一倍，对比度达 5 000 000∶1，因此，PDP 被认为更适合 3D 电视。松下公司 2010 年 10 月推出 50 英寸和 54 英寸的"3D VIERA VT2 系列"电视。此外，松下还打破 PDP 专做大尺寸、LCD 专做中小尺寸的概念，将 PDP 向中小尺寸方向拓展。产品除销往美国外，还开拓中国、印度等 30 个新兴国家和地区市场。松下将 2011 年 3 月的销售目标定为 100 万台 3D 等离子高清电视、3D 蓝光播放器和 3D 眼镜，2012 年 3 月 3D 等离子高清电视将达 1000 万台。

三星公司继平板显示产业占有领先优势后，企图成为世界 3D 显示屏的霸主，领导世界 3D 电视，已开始量产与 LED 和 LCD 兼容的 40 英寸、46 英寸和 55 英寸的全清 3D 电视显示屏，于 2010 年 2 月底率先在世界上推出了 3D LCD C7000 和 C8000 系列机，实现 2D 和 3D 画面间转换。三星公司计划 2010 年出售 200 万台 3D 电视机。

LG 公司计划未来 3D 电视的市场占有率要比原先 LCD 平板电视的市场占有率提高 10%，达到全球市场的 1/4。目前，LG 已大量生产 23 英寸的全清 3D 电视用 LCD 面板，通过自行开发的图像显示器等技术，分辨率可比市场产品高出一倍。其 55 英寸产品边框宽度不到 1 厘米，厚度仅 2.33 厘米，具有壁画之感。其 2010 年的目标是销售 100 万台 3D 电视。

我国台湾地区目前在 3D 内容和显示器方面落后美国、日本和韩国显示器大厂商，但我国台湾地区将以裸视 3D 电视为契机，赶上步伐。目前，友达、奇美和中华映管公司都在研发裸视式 3D 显示屏。Acer 公司在 CeBIT 展上展示了 3D 投影仪，可在墙上显示优质的 3D 电影和游戏。日前，Acer 公司还推出 3D 笔记本电脑 Aspire 5740 DC，通过自有的 TriDef 3D 技术，结合 3D 眼镜，实现 2D 到 3D 的转化。

中国内地厂商积极应对，TCL、海信、海尔也在 CES 展上分别展出了 3D 电视。海信展示 55 英寸 LED 背光 3D 电视，海尔则展示 46 英寸 3D 液晶电视。TCL 在 2010 年批量上市。创维、长虹、康佳也都有 3D 电视样机亮相。

目前，各大厂商一致看好 3D 产品的未来，竞相推出 3D 电视新产品，抢占制高点，确立自己的主导地位。但是，也有人认为现在条件不够成熟，无论 3D 节目的制作、播放和收看设备价格都很高昂，这使得 3D 技术的推广将面临很大的局限性，预计上述问题到 2012 年才能解决。

第二节　中国内地新型显示技术发展现状和趋势

一、TFT-LCD

自 2003 年以来，以京东方、上广电、龙腾光电、深超光电、上海天马等为代表的中国显示厂商已经成功进入 TFT-LCD 领域，拥有了 6 代、5 代和 4.5 代生产线，正在建设 6 代以上更高世代生产线。已经形成了较大的产业规模。在中小尺寸液晶显示器方面，天马公司已经在产能方面步入世界前三，但在平板显示产业中处于产业链的下游，基本不掌握面板、彩色滤光膜、液晶材料、偏振片等核心材料与元器件的生产，产业附加值低，仅占产业价值链中的 20%，难以形成核心竞争力。

上游材料和相关设备的本地化配套也有快速进展，在技术上已经开始拥有了自主知识产权的核心技术。我国已经初步具备了发展 TFT-LCD 产业参与国际分工和竞争的基础，预计在建和试运转生产线以及现有生产线扩产的全部产能释放后，将占到全球份额的 25%以上。另外，全球各大 TFT-LCD 面板厂在中国内地均建有规模很大的 TFT-LCD 模组厂，其模块出货量估计至少占到全球份额的 50%以上。在供应链方面，偏光片等多种关键材料的后加工已经实现就近配套，由本土企业自主建设的玻璃项目正在建设中，少部分非关键设备已经实现国产化。

经过这些年的努力，中国 TFT-LCD 产业已经积累了一定竞争力。在技术上，内地企业已经掌握了显示器屏、笔记本电脑屏、电视屏、手机屏等产品的设计技术和生产线组线技术，骨干企业可使用专利数超过 5 千件，每年新增自主知识产权的专利申请数超过 500 件，具备了一定的专利和技术风险防范能力，面板厂商与上游设备和材料的技术合作机制正在形成。

二、PDP

国内 PDP 技术的研究主要集中在两个方向。一是以长虹为代表的采用国际上主流的表面放电障壁式 PDP 技术。它在收购韩国欧丽安(Orion)PDP技术和原彩虹的 PDP 技术的基础上，以量产为目标，通过本地化大规模生产降低成本，同时结合长虹自身的优势不断提高显示性能，并逐步掌握核心技术。

长虹是我国 PDP 技术发展的龙头企业，目前，已成功开发出代表我国最高 PDP 技术水平的 42/50 英寸高清、50 英寸全高清模组，一期工程已进入量产爬坡阶段。其产品在成本、使用寿命、高分辨率、耗电量及高电压等各项关键性能指标上，已达到具有市场竞争力的水平，可以说，长虹 PDP已经具备了一定的产业规模，并带动部分国内企业进行 PDP 技术研发和产业配套。

但在核心技术研究和产业配套上还刚刚起步，一期量产线设备基本依靠进口，大部分 PDP 制作材料依靠进口。此外，还存在产业链建设不到位、产业竞争力不强、规模效应不够的急待解决的问题。

二是以南京华显高科、东南大学为代表的采用 863 自主研发成果——拥有自主知识产权的荫罩式 PDP 技术。它们通过引进设备建设中试生产线，并在此基础上掌握核心设计、生产技术，不断提高产品性能。

我国在 PDP 领域拥有的专利约 400 多项，其中，东南大学拥有 40多项，主要集中在荫罩式 PDP 技术方面；长虹拥有约 300 项，主要集中在障壁式 PDP 技术方面。下阶段，长虹将主要围绕 PDP 产品性能的提高解决一系列基础技术问题，围绕这些课题形成一个初步的核心技术体系。

国家 PDP 产业的技术研究不是一两个企业所能承担的。目前，在政府主管部门的组织下，以我国 PDP 产业需求为目标，以 PDP 国家工程实验室为组织平台，已初步提出了围绕高光效和具有成本和性能竞争力的 PDP 一体化设计、制造，并进行产品技术研究分工协作的方案(表 3-3)。

表 3-3　PDP 产品技术研究分工协作方案

	研究内容	研发必要性	合作伙伴
高光效	无铅无铋低介电常数前板介质低玻粉开发	减少有害材料的使用,降低能耗,提高亮度	贵阳晶华电子材料有限公司、彩珠
	紫外反光涂层材料研究	反射紫外光,增加紫外线到荧光粉的达到率	中国科学院理化技术研究所
	新型 MgO 材料研究	增加材料的二次电子发射系数,从而使驱动电压进一步降低,降低 PDP 屏功耗	大连理工大学
	具有电子发射源的 PDP 显示技术研究	增加寻址速度,减小放电延迟,降低着火电压,提高放电效率,提高 PDP 亮度	西安交通大学
	光刻型障壁材料的研究	简化工艺、节约制造成本,提高障壁制作的精细度,利于制作高清、全高清 PDP	北京化工大学
一体化设计/一体化制造	完整灰阶显示研究	提升画质表现能力	西安交通大学
	低余辉荧光粉材料研究	实现高速显示,提高画质	彩虹荧光粉、有色院总院、东南大学
	双层氧化镁材料研究	提高放电稳定性、降低放电延迟时间,降低能耗;同时降低放电电压	大连理工大学
	新型电极材料研究	降低电极中用量最大、单价最高的银粉含量,降低成本	金视显、风华高科
	新型导热材料研究	提高屏散热,均热性能,降低成本	清华大学
	模组自适应性波形调整	提高良品率,实现 PDP 性能一致性	大恒图像

产业链配套的其他技术研究方面,国内相关企业和研究机构在 PDP 材料、器件、制备工艺和设备方面积极参与。值得一提的是,东南大学拥有的专利覆盖了产业链的各个环节,包括驱动、结构等,具有系统性和完整性。

国内 PDP 材料方面的研究刚刚起步,主要集中在以新型电极材料,障壁和 ITO 成型用 PR 胶、新型导热材料等为主的低成本技术研究;以无铋低介电常数前板介质低玻粉、MgO 微晶层材料、新型 MgO 材料、低余辉荧光粉材料、感光性介质材料等为主的高效发光技术研究;以低温介质材料、厚膜法导电阴极材料等为主的新型产品基础技术研究。

国内 PDP 器件的研究主要集中在以模组驱动简化 XY 驱动电路结构、取消 X 驱动电路、控制电路四层板技术、控制电路两层板技术、电路薄型化技术、模组与整机为主的低成本技术研究；以高效率驱动波形和驱动电路、高发光效率显示屏驱动方法为主的高效发光技术研究；以 Y 驱动及扫描电路整合、Y 扫描驱动电路 COF 技术、高速 A 驱动电路数据接口的芯片、各类功率器件等关键元器件等为主的新产品开发方面的研究。

国内 PDP 制备工艺技术的研究主要集中在障壁刻蚀、荧光粉及低玻框喷涂、氧化镁蒸镀、封接排气、屏老炼等方面的应用。

三、OLED

在过去几年里，我国 OLED 技术研究水平上升很快。在机理研究、材料开发、器件结构设计等方面做了大量工作，尤其是在材料和工艺技术开发方面取得了突出进展和一些有价值的研究成果。

目前，我国内地从事 OLED 研发和产业化的单位主要有：清华大学、华南理工大学、吉林大学、上海大学、南开大学、香港城市大学、香港科技大学、中国科学院长春光机与物理所、中国科学院长春应用化学研究所、中国科学院化学研究所、中国科学院理化技术研究所、维信诺公司、上海天马长虹、彩虹集团、中显、京东方、信利半导体、上海广电集团、TCL、吉林环宇集团等。

北京维信诺利用清华大学 OLED 项目建立了我国内地第一条 OLED 中试生产线，主要进行 OLED 器件及中试生产工艺技术开发。在此基础上，2006 年成立昆山维信诺，建立了我国第一条基板尺寸 370 mm×470 mm、年产 1200 万片的大规模 PMOLED 生产线。2009 年年底，昆山平板中心正式成立，主要进行 AMOLED 器件和 AMOLED 量产工艺开发。与此同时，昆山维信诺正在筹划 AMOLED 大规模生产线。

目前，维信诺生产的 OLED 显示屏已广泛应用于仪器、仪表、消费电子等显示产品领域。维信诺主导制定了 IEC 国际标准和国家标准。

信利半导体于 2003 年建立了 OLED 中试线，开展了 PMOLED 中试技术研究，并开发了 1.7 英寸 160×128 及 1 英寸 96×64 彩色产品及 256×64 等多款单色产品，但近期没有进展。

TCL 显示科技(惠州)有限公司"十五"期间开展了 PMOLED 技术的研究，与香港城市大学合作开发出了 1 英寸 96×64 和 2 英寸 128×160 全彩色 OLED 显示屏。样品技术指标达到对比度>1000∶1，亮度>100 cd/m²，寿命>3000 小时，功耗<250 mW (全屏白场，亮度 50 cd/m²)。开展了白光 OLED、AMOLED、柔性 OLED 技术的初步研究以及 OLED 产品应用的研究。

上海广电电子股份有限公司开展了 OLED 关键技术的研究和生产技术的集成，开发了经典有机发光材料，并合成了部分具有自主知识产权的新材料；设计开发了 OLED 专用驱动集成电路芯片；自制了相应的性能测试设备；开发了包括 1.5 英寸 26 万色手机主屏、1 英寸单色及多色手机副屏、1.8 英寸单色手机主屏、4.2 英寸仪器仪表用显示屏等。目前，研发的方向包括中小尺寸的有源和无源 OLED、高分子 OLED 器件以及有机照明，并成功研发 3.5 英寸彩色 QVGA AMOLED。

吉林大学在新型电致发光配合物材料方面取得了一些有创新性的成果，尤其在蓝光配合物材料方面取得了一些突破，在世界范围内率先开展了三线态磷光材料的性能研究。

中国科学院长春应用化学研究所在磷光材料及空穴传输材料的开发方面取得了很大的成果，设计与合成了中心核单元为经典高效铱磷光金属配合物。外围壳单元为具有主体材料功能作用的刚性树枝状分子(如咔唑单元)的高效率磷光材料，为发展高效磷光金属配合物提出了新途径。目前，合成出的绿光、红光和蓝光铱配合物的电致发光效率分别达到了 57.9 cd/A(57.4 lm/W)、50.0 cd/A(45.2 lm/W)和 16.2 cd/A(14.0 lm/W)。

国内高分子发光材料主要研究单位有华南理工大学、吉林大学、复旦大学、中国科学院长春应用化学研究所、中国科学院化学研究所等。国内高分子材料侧重新材料和新结构研究，器件稳定性得到不断改善。虽然国内材料总体性能还低于国外产品，但是发展很快，红色材料的电流效率达到 7 cd/A；绿色材料的电流效率达到 22 cd/A；蓝色材料的电流效率达到 5 cd/A，但稳定性还需要大幅度改善。其中，中国科学院长春应用化学研究所实现了通过单一高分子实现白光发射的新途径，不仅解决了白光器件光谱稳定性的国际难题，而且获得了高的效率指标——12.8 cd/A(8.5 lm/W)。

华南理工大学主要对共轭功能高分子、光电纳米复合材料以及相关共聚物等材料和薄膜器件制作、物理性质表征进行研究。发明了系列红绿蓝全色发光咔唑共聚物，设计合成了系列聚芴、聚对苯乙烯系列全色发光共聚物，发明了含硒元素窄带共聚单体，设计合成了新型硅芴宽带隙高分子、含 silole 聚集态发光高分子、含稀土枝状分子和高发光效率三线态高分子、系列水(醇)溶性发光、电子传输、空穴传输高分子(聚电解质)；采用自主工艺，在国内率先研制出单色高分子发光显示屏，像素 128×64，分辨率 3 线/毫米；国内率先采用 Ink-jet 和旋涂新工艺研制出全彩色高分子发光显示屏，像素 96×3×64。

在 AMOLED 方面，吉林彩晶与维信诺合作开发了 a-Si OLED 320×240 点阵彩屏；南开大学采用金属诱导技术、吉林彩晶采用激光退火技术研发了 2 英寸 p-Si 160×128 点阵彩屏；南开大学与香港科技大学合作开发了金属诱导 5 英寸 p-Si 320×3×240 点阵彩屏。华中科技大学在 AMOLED 驱动技术方面也进行了研究。

上海天马公司在投资建设的 4.5 代 AMOLED 实验生产线上已成功开发出第一块 LTPS AMOLED 显示屏，并计划在 2011 年内实现小批量生产。

在 OLED 用 TFT 基板开发方面，京东方进行了 2 英寸 176×220 非晶硅基板技术的开发。2006 年京东方与成都电子科技大学成立了 OLED 联合实验室，主要研究方向为 TFT 阵列、OLED 材料、器件、封装技术及电路开发等。

在驱动 IC 方面，国内有清华微电子所、浙江仕兰公司、深圳天利半导体等单位在进行研发。深圳天利半导体已开发出 96×RGB×64 彩色 PMOLED 驱动芯片，并计划合作开发 320×RGB×240 彩色 PMOLED 驱动芯片；清华微电子所也已开发成功了 132×64 单色 PMOLED 驱动芯片及 96×RGB×64 彩色 PMOLED 驱动芯片。

在配套材料方面，深圳允升吉电子有限公司用电铸法研制了蒸镀

MASK 板；深圳豪威、南玻及莱宝进行了 ITO/Cr 基板玻璃的开发及客户试用。

四、激光显示

在激光显示技术方面，我国与国外几乎同步发展，没有差距，某些技术指标还优于国外同类技术指标。中国科学院在激光显示方面的研究成果中，整体水平达到国际先进，部分技术指标国际领先。

激光显示作为新一代显示技术，以高饱和度的红、绿、蓝三基色激光作为显示光源，解决了显示技术领域长期难以解决的大色域色彩再现难题，其色域可覆盖接近90%人眼可识别色彩，从而最完美地再现自然色彩。在我国，激光显示行业已形成半导体激光器—全固态激光器—彩色激光显示技术链，并已具备研制开发彩色激光显示的良好基础。我国激光显示光源色域覆盖率与国外公司相比(表 3-4)，具有明显的技术优势。

表 3-4　色域覆盖率比较表(计算值)

单位	红光/nm	绿光/nm	蓝光/nm	色域(NTSC)/%	覆盖率/%
中国内地	669	515	440	253.4	79.2
日本 索尼	642	532	457	214.4	67.0
德国 LDT	628	532	446	209.4	65.4
美国 LPC	656	532	457	221.7	69.3
美国 Q-peak	628	524	449	215.5	67.3
瑞士 ETH	603	515	450	169.0	54.8

我国内地的激光显示专利大约有100余项，约占世界专利总数的10%。这些专利涉及激光显示系统的主要关键环节，特别在共性核心技术领域——大色域激光光源和匀场消相干等领域取得了完整的自主创新知识产权，并处于国际领先地位。因此，我国可以自主发展大色域激光显示技术而不受制于国外专利。

在激光显示技术中，红绿蓝三基色激光光源是最关键的核心部件，针对半导体激光器光源，中国科学院理化技术研究所开始研发高功率红绿蓝三基色激光器，于 2002 年在国内率先实现红绿蓝三基色激光瓦级输出，并合成白光用于激光显示首次实验；11.3 W 连续 660 纳米红光激光器和 21.7 W 准连续 669 纳米红光激光器；3.3 W 连续 473 纳米蓝光激光器和 6.34 W 准连续 440 纳米蓝光激光器；4.2 W 连续 515 纳米绿光激光器。在此基础上，开展了"全固态激光全色显示系统"研制工作。利用自行研制的大功率红、绿、蓝三基色激光为光源，于 2002 年在国内首次实现全固态激光全色显示。2008 年，中国科学院光电研究院联合北京中视中科光电技术有限公司突破小型化、高效率红绿蓝三基色激光器和数字化电源技术，开发出紧凑型一体化光源模组，使我国激光显示光源技术发展水平已经达到或超过国外同类激光光源产品。

半导体激光器件是激光显示光源的核心材料，我国内地从事高功率 808 纳米和 635 纳米半导体激光器研究和开发生产的单位有海特光电、世纪晶源、山东华光、重庆航伟、中国科学院半导体研究所、中国科学院长春光子精密机械与物理研究所、西安炬光科技有限公司、中国电子科技集团公司 13 所以及 44 所等单位。这些单位目前都可以批量提供单管输出功率达 0.5～5 瓦的 808 纳米的单管，光谱宽度：≤3.0 纳米(FWHM)，中心偏移：≤3 纳米，电光转换效率为 45%～50%，寿命达到 10 000 小时。但是对于红光 635 纳米半导体激光器，目前市场上只有海特光电有限责任公司可以批量提供 0.5W 的单管激光器，光谱宽度：≤3.0 纳米(FWHM)，中心偏移：≤3 纳米，电光转换效率为 35%～40%，寿命达到 10 000 小时。西安炬光科技有限公司已经可批量生产 0.5W 红光单管半导体激光器，并且具有快轴和非快轴准直光束整形技术，寿命可超过 10 000 小时。可批量生产单管 6～10 W 808 纳米半导体激光器，具有快轴和非快轴准直光束整形技术，寿命可超过 10 000 小时，如图 3-8 所示。此外，还可生产以 bar 条为基础的红光半导体激光模块，功率达到 7W；具有生产 60 万～100 万个 808 纳米半导体激光器模块的能力。西安炬光科技有限公司现已经研制出 8 大系列百余种半导体激光器产品，其中三项产品通过省级科技成果鉴定，总体达到国际先进水平，部分技术指标处于世界领先水平。

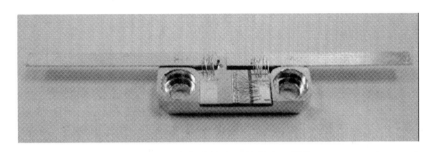

图 3-8　808 纳米单管半导体激光器样品

这些成果的取得表明了我国已掌握了激光显示产业的核心关键技术，具备了激光显示产业的底层核心技术和自主知识产权，为激光显示产业化进程扫清了道路。

2004 年，经过多年系统研究，研制出了我国内地第一套实现白光配比红、绿、蓝三基色全固态激光器，实现了国内首次全固态激光全色显示原理性实验，并进一步完成了 60 英寸激光家庭影院原理性演示，获得了色彩艳丽的 DVD 动态图像。

2005 年，中国科学院光电研究院与兄弟单位联合研制出 60 英寸、84 英寸以及 140 英寸激光显示原理样机，为中国显示设备生产厂商参与国际竞争与产业升级提供了强有力的技术保障和核心竞争力，2006 年 1 月 10 日通过中国科学院和信息产业部联合主持的成果鉴定。其中，140 英寸(2×3 平方米)样机使用了专门研制的大色域三基色 DPL，即红光 669 纳米，绿光 515 纳米，蓝光 440 纳米，合成 D65 白光达 23 瓦，构成色度三角形，色域覆盖率和色域分别达到 79.2% 和 253.4NTSC(计算值)，实验检测值分别为 73.6% 和 235.1NTSC，这些数值与国际上类似研究相比是很高的。鉴定结果显示，样机总体上达到了国际先进，色域覆盖率等关键技术为国际领先。

2006 年 5 月，中国科学院光电研究院成功研制出超大屏幕激光显示实用化系统工程样机，主要技术指标达到国际领先水平并具有自主知识产权。2007 年 8 月与中视中科联合研发的激光投影机入围奥运工程，并通过"好运北京"奥运测试赛。2007 年 10 月，又推出世界首台遵循国际数字电影 DCI 规范的激光数字电影放映机样机，并通过权威计量单位的技术指标检测。它代表着我国激光显示技术产业化进程的最高水平。

总之，我国已形成半导体激光器—全固态激光器—彩色激光显示技术链，已具备研制开发彩色激光显示的良好基础。

五、EPD

我国内地的 EPD 显示材料研究也有基础，主要单位有浙江大学、天津大学、中国科学院理化技术研究所、西北工业大学、北京化工大学、清华大学、北京印刷学院等高校和研究机构，目光均集中于电泳粒子的改性和微胶囊的制备研究上，上述机构目前还未见有进入产业化的成果报道。

国内的 EPD 显示材料的产业化生产已经开始建立，由广州奥熠科技有限公司生产，并有显示薄膜形式的产品出售。

国内的 EPD 器件技术研究起步晚，但进步快，并已有企业在积极开拓相关产品的研发。广州奥熠科技有限公司与中山大学光电材料与技术国家重点实验室的科研人员，利用完全独立开发的知识产权体系，研制出微胶囊无源显示器件、TFT 有源显示屏，显示颜色为黑白、红绿蓝三基色，且无源显示屏已经由广州奥熠科技有限公司进行产业化生产。另外，国内 TFT-LCD 生产企业也积极投入 EPD 器件技术研发。京东方承担 863 计划新型平板显示技术重大项目的"有源 E-PAPER 显示屏关键技术研究"课题，已开发出可商业化的有源电子纸显示屏，率先打破了海外对电子纸屏的垄断。广东信利开展 EDP 显示器件用的 TFT 基板研发，上广电关注 EDP 显示器件用的 TFT 基板项目。

东南大学与荷兰 Liquavista 公司在电润湿显示技术方面进行了广泛的合作，目前正积极推动其第二条 EPD 生产线落户国内。与电泳方式的 EPD 相比，电润湿技术可以采用现有的液晶 TFT 基板。

综上所述，目前国内 EPD 显示材料和薄膜、无源 EPD 显示屏已经有生产企业，有源显示面板有样机并已经接近产业化。

六、三维立体显示

我国对立体视频技术的研究已有 20 多年的历史，随着研究地不断深入和技术地飞快发展，现在我国自主研究的立体电视，完全摆脱了传统三维现实需要配戴眼镜的束缚，裸眼就能观看较好三维效果，各方面均取得了让国际瞩目的成绩。

（一）科研机构

相比液晶技术而言，我国 3D 技术的研发储备要强得多。目前，清华大学、南京大学、上海大学、天津大学、浙江大学、北京理工大学、北京大学等科研院所对 3D 立体显示进行了深入地研究。其中，清华大学、上海大学、天津大学、南京大学等高校基本与国际同步进行立体显示技术的研究。

清华大学主要研究立体摄像机成像技术、数据压缩与传输技术。现已开发一套系统，即前端 8×8 摄像头组合可以拍摄立体图像，并即时呈现在立体显示器上。此外，清华大学还开发了二维与三维图像转化工具，可以将二维电影转化为三维立体电影。

南京大学在自由立体显示技术上的研发成果已经应用于我国测绘等领域。其创新技术受到了飞利浦等欧盟厂商的高度关注，是目前中国在第七框架计划(欧美 3D 电视研发计划)支持下唯一参加欧盟 3DTV 技术研究的项目。2005 年年底，南京大学已开发出 15 英寸的 3D 显示器，显示效果良好。

上海大学新型显示教育部重点实验室正在研发 8 视点和双视点的从采集/节目制作、编解码到裸眼立体显示的整个系统，其中 8 视点视频内容制作与裸眼立体显示和播放机系统已在 2010 年世博会中国国家馆应用和展示。图 3-9 是其中 103 英寸的立体图像显示的截图。

图 3-9　世博会中国馆展出的 103 英寸多视视频立体显示

注：右下角是 19 英寸二维显示器图像

天津三维显示技术研究所在自由立体显示技术方面的成果已经在天津、北京实现了产业化，并建立了欧亚宝龙国际科技(北京)有限公司。

目前 TCL 集团及清华大学深圳研究生院发起的中国立体视频产学研战略联盟已开始筹备，联盟旨在促进建立我国自有立体视频国家标准，并帮助中国企业在未来国际市场激烈竞争中争取领先地位。

(二) 相关公司

在国内，有数十家公司在研究 3D 立体显示技术，由于缺少电视厂商的支持，国内的研究成果一直受到的关注不多。

超多维科技公司是国内较早进行此方面研究和应用的公司，于 2006 年年末推出了全球最大的 63 英寸 3D 液晶显示器"HDB-63"，其研发的 SuperD 系列 3D 显示器采用"裸眼多视点"技术，通过在屏幕上提供 9 幅画面来达到裸眼观看的立体效果。SuperD 系列对光线没有要求，在自然光、日光，甚至灯光直射的情况下都可以观看。视觉纵深最大可达±1.5 米，技术与国际先进水平基本达到一致。超多维科技已开始准备 3D 显示器的量产，将投资 10 亿元在深圳成立 6 万平方米的立体显示生产研发基地，进一步推进立体显示技术的产业化进程。

另外一个 3D 立体显示技术厂商——欧亚宝龙国际率先将立体显示器用于广告领域，其立体广告网络已被部署在香港地铁、国内机场、北京商场等场所。欧亚宝龙位于中关村国际创业园的北京威奥立体电视科技公司，在立体电视的研发方面也取得了进展，其 103 英寸的立体显示器展放在创业园的会议室中。

天津三维显示技术研究所还研发了 LED 超大自由立体屏，受到了国内外户外广告公司的青睐。

事实上，国内彩电企业在 3D 领域的布局其实很早就开始了，海信在国内 3D 电视研发领域走得最早。2001 年，海信就研发出了 3D 立体电视，并采用虚拟立体视频系统设计加快门式眼镜方式实现 3D 观看。

2007 年，TCL 多媒体成立了专门的 3D 研发团队，经过三年的努力，TCL 开发出适合不同应用场合的系列立体电视产品，包括：用于商业广告的不需戴眼镜的立体电视,适合于游戏玩家和家庭立体影院的立体电视以及立体投影机。2008 年,TCL 在北京新闻大厦展示了其 3D 高清液晶电视,这款电视是与美国 SPECTRONIQ 公司共同研发的成果。电视采用微相位补偿片,将液晶屏发出的光转换为左旋和右旋的圆偏振光发送,经过高精度作业粘在电视屏上的 3D 转换膜,将左右眼图像独立送入人眼,从而形成立体图像。

在 2010 年第 43 届国际消费电子展(CES)中,TCL 首次以自主品牌亮相并大放异彩。TCL 已经实现销售的裸眼 3D 立体电视 TD-42F,屏幕尺寸为 42 英寸,该款电视的立体显示效果是通过在液晶面板上增加与图 3-10 类似的精密柱面透镜屏,将经过编码处理的 3D 视频影像独立送入人的左右眼,从而使用户无需借助立体眼镜就可裸眼体验立体感觉。

(三) 产业集群

随着 3D 产业的迅速兴起,在我国 3D 产业发展最早、产业规模集中的地区逐步形成产业集群,其中深圳和天津比较突出。深圳目前不仅拥有康佳、TCL、创维这 3 大 3D 电视制造商,还拥有在 3D 内容制作、3D 数码相机、3D 投影机以及相关配套设备等领域具有代表性的企业,如掌网、雅图、世纪晶源等企业。

目前,康佳目前已经掌握了前端 3D 媒体文件处理、3D 格式转换、2D 转 3D 以及 3D 转 2D、240Hz 帧率转换、运动补偿 ME/MC 等技术,产品包括裸眼式、主动快门式、偏光式 3D 电视和 3D 显示器。TCL 多媒体是国内最早开发 3D 电视技术的彩电企业,目前在惠州、墨西哥、波兰的生产基地建立了 3D 电视生产和测试基地,为开拓国际市场打好了基础。创维在 2010 年 3 月推出了带有多项功能的 3D 电视,并将其与数字电视一体机结合在一起。

除彩电之外,其他 3D 产品也层出不穷。掌网正在逐步运用自己的专利来开发相应的产品,并先后研制出立体摄像机、立体播放机、立体移动电视以及立体防抖照相机等。深圳雅图目前已推出 DLP 3D 投影系统、LCD 3D 投影系统以及 LCOS 微型 3D 投影系统。

天津的 3D 产业虽然规模不大，但是能够较好地整合。从电视台的摄录播，到天津三星和天津三维的终端设备，天津已然形成了一套较完整的产业链。

(四) 产业发展

中国 3D 显示产业化基本与世界同步。中国企业已经部分掌握了 3D 核心技术。中国 3D 显示产业链也已初具规模，不仅有海信、TCL 等彩电企业开发出 3D 电视产品，而且还在图像处理芯片、动画内容制作等方面也已具备一定产业基础。

有了以往专利、标准受制于人的经验教训，中国 3D 影像产业较早地筹建行业组织。2008 年 6 月，中国电子视像行业协会联合 3D 产业链上的相关企业成立了中国立体视像产业联盟，专注于 3D 信息提供、行业应用、产业标准制定及投资服务，共同推动中国 3D 产业链的发展。目前有包括 TCL、长虹、海信、康佳、友达光电在内的联盟会员 40 余家，飞利浦、索尼等国外巨头也在申请或已加入该协会。

第三节 中国内地新型显示技术存在的 主要问题与差距

我国内地 FPD 显示技术整体落后，缺乏核心竞争力。缺乏 TFT-LCD 6 代线以上的大尺寸面板生产技术，37 英寸以上的电视用 TFT 面板完全依赖进口；在 FPD 上游原材料技术的研究开发投入不够，致使我国内地在 FPD 上游产业链上国产化配套不足 40%，最终导致 FPD 产业整体缺乏成本优势和国际竞争力；在 FPD 基础技术的研究开发上，与日本、韩国、我国台湾地区等相比，政府部门支持力度不够；新型平板显示技术人才匮乏，FPD 的发展需要投入大量的人才；现在 FPD 产业处于市场经济环境中，不具备 CRT 计划经济时代的国家主导推动的条件，需要研究新的发展对策。

一、TFT-LCD

我国内地 TFT-LCD 平板显示技术和产业经过最近五年的努力,取得了一定的突破和发展。但总体来讲与全球平板显示技术和产业领先的日本、韩国和我国台湾地区相比仍有较大的差距。

目前,我国内地 TFT-LCD 显示技术整体落后,缺乏核心竞争力。在面板技术方面,广视角(MVA、IPS)等主要的核心专利技术仍掌握在日韩大公司手中,我国内地企业目前还难以在这方面有实质性突破;在目前国外开发的面板新技术,如高速响应(蓝相液晶、OCB、铁电液晶)、场序驱动等项目,在国内研究很少。此外,在新型驱动方式,面板的绿色环保、低功耗技术,高透过率技术(高开口率)等技术方面与国外相比差距较大。

在 TFT-LCD 制造新工艺技术的掌握、新工艺开发能力的开发能力方面,基本上还是处于跟随地位。

在高世代 TFT-LCD 生产线技术方面,缺乏 6 代线以上的大尺寸 TFT 面板生产技术和实际经验,37 英寸以上的电视用 TFT 面板完全依赖进口。

TFT-LCD 的上游配套能力,包括玻璃、光刻胶、偏光片、光学膜、CCFL、液晶材料、靶材、化学制剂、高纯气体等材料以及成膜、光刻、清洗、ODF、搬送等设备的制造技术,目前仍多由国际上个别大公司寡头垄断,国内在部分材料(如玻璃)方面处于刚刚起步阶段,与国外尚有巨大差距。导致我国 TFT-LCD 产业整体缺乏成本优势和国际竞争力。

研发条件方面,由于研发线投入较大,到目前为止,我国内地尚无成熟的 TFT-LCD 研发平台,难以进行新器件结构设计、新工艺以及材料的试验和验证。

产业环境和人才方面,尽管我国内地近几年的液晶产业的发展,在研究和产业环境方面有了较大的改善,并且京东方和上海天马等也形成了一支研发设计队伍,但国内 TFT-LCD 的产业环境与日本、韩国、我国台湾地区存在明显差距，仍缺乏具有先进产品设计经验的高级技术人员和实际生产经验的高级工程师。

针对以上几个方面，亟需加大研发力度和投入，建立和改善研发基础条件，广泛培养人才队伍。

二、PDP

目前 PDP 知识产权仍以日、韩为主，国内的专利数量与质量都明显不足。大规模量产技术仍在摸索中，大量的材料、设备、工艺与环境等相互配合的问题急需解决。国内 PDP 技术的研究、开发、生产人才严重短缺，且缺乏足够的人才培训基地与人才引进机制。

PDP 技术起源于美国，发展于日韩，我国介入以 PDP 屏制造为核心的技术领域较晚，总体研发力量薄弱，技术问题和差距主要体现在产品开发、基础技术研发、研发硬件资源、人才和专利等方面。

在产品开发方面，我国内地仅有长虹、华显具有一定的产品开发能力和试验条件。它们刚刚完成第一代产品开发，产品发光效率和功耗指标与日本同行还有一定差距，需要在二代及后续产品开发中提高改善。

在基础技术研发方面，由于起步晚，目前我国正在从模仿创新阶段向自主创新转变，故国内 PDP 基础技术研发的广度和深度不足，前期未能系统性的开展材料、器件等各方面的研究，加之国内研究环境和企业外围平台不能完全支持研发业务的实施，所以目前基础技术研究成果对产品开发支撑乏力。

在工艺技术与设备研发方面，高清 PDP 显示屏的特点是大面积和高精细化，对制作工艺的一致性和均匀性要求很高。大面积精细化障壁制作工艺、大面积精细化荧光粉层制作工艺、大面积均匀化介质保护膜制作工艺、大面积均匀化烧结工艺和大面积 PDP 显示屏封接工艺是制作工艺的技术难点。国内企业刚开始导入量产阶段，制造工艺和设备研发经验不足，工艺难点突破需要一个过程，产品优良率较低。

在研发条件方面，除目前已进入量产阶段的长虹"八面取"量产线外,我国内地比较好的 PDP 研发硬件资源主要是世纪双虹(原彩虹北京 PDP 研发中心)的试验线和南京华显高科的荫罩式 PDP 中试线(与量产线工艺差异较大),但不同的设计参数试制出的样品不能真实体现设计的意图。

在产业环境和人才方面,虽然从 20 世纪 90 年代末开始,我国部分科研院所与企业在就展开了 PDP 相关技术的研究,但由于未能真正产业化,故国内 PDP 产业环境与日韩存在明显差距,缺乏具有先进产品设计经验的高级技术人员和实际生产经验的高级工程师,同时 PDP 知识产出较少,对我国 PDP 产业的发展支持力度不够。

三、OLED

同国际前沿 OLED 技术比较,我国还存在较大的差距,主要有以下几个方面内容。

1. 关键材料国内还不能配套,基本依赖进口

有机光电材料是 OLED 的核心材料,相对于国外有机光电材料的发展,国内的开发速度和技术实力则显得较为逊色。研发的部分发光材料、电子注入材料、空穴及电子传输材料虽然有的达到了国际先进水平,但总体而言,材料的寿命及发光效率等技术指标与国外领先水平仍有较大的距离;导电玻璃、封装盒、蒸镀掩模板等重要基础材料国内有多家公司在研发,但还没有完全达到规模生产要求;驱动 IC 虽然进行了开发,但尚未实现产品化;隔离柱、封接胶等关键配套材料国内还无单位研发。

2. 器件制造技术相对落后

PMOLED 在我国虽然依靠自有技术实现了 PMOLED 的产业化,但规模化高质量、低成本生产技术还需要进一步开发。

AMOLED 是国际 OLED 发展的主流,我国在 AMOLED 技术开发和产业化上与国外差距很大,目前只开展了一些基础性研究工作,技术远不如国外,主要问题是起步较晚、企业和国家重视不够、资金与人员投入相对匮乏。

3. 基础研究实力薄弱

OLED 是一种新型显示器件，技术进步速度很快，基础研究量大，创新空间也很大。为了抢占知识产权制高点，日本、美国、韩国在基础研究方面投入了大量的人力物力。相比之下，我国在基础研究方面的投入远远不足，这将严重影响我国在 OLED 领域获取世界一流自主知识产权、赶超世界先进水平的能力。

四、激光显示

我国激光显示拥有国际先进的关键技术、核心材料的研究和产业规模国际领先的产业基础优势，但研发力量分散，资金投入不足；低水平重复建设严重；终端企业难以组织起完整的激光显示技术链和产业链；面向商用、民用市场需求时还面临产业链条没有贯通；激光显示产品成本高；大规模生产和制造技术有待完善；技术标准缺失等问题。

五、EPD

我国 EPD 技术的"瓶颈"在于 EPD 专用的有源 TFT 基板，目前我国内地企业从事此方面的研究刚刚起步。

电润湿技术所需的疏水材料，透明聚四氟乙烯树脂，主要由美国杜邦和日本旭硝子公司生产，我国内地还没有企业进行相关研究。

六、三维立体显示

尽管围绕着 3D 电视的芯片、眼镜、蓝光 DVD、3D 摄像机等完整的产业链的建设需要时间，但随着三星、索尼、LG、TCL、海信、康佳等彩电巨头集体推出大屏幕 3D 电视，3D 浪潮已经开始蔓延。我国虽有不少高校、研究所和公司企业对立体显示开展研究并取得了一些成果，但起步较晚，基础相对薄弱，与国际水平存在差距。主要体现在以下几个方面。

1. 缺少成系统的核心关键技术的知识产权

从目前全球范围来看，3D 电视的核心专利 50%以上被日本的企业掌握，这对国内 3D 电视产业发展形成一定的专利桎梏。

我国企业和研究机构在 3D 方面虽然有一定的技术基础，但是专利数量相对较少，具有国际专利的数量更是少之又少。目前，国内彩电厂商除了 TCL、康佳、海信、长虹等部分企业在尝试自主开发部分芯片外，其他的芯片大多需要从日韩和欧洲的半导体企业处购买，在生产成本上难以自主。

这主要有两方面原因：一是很多企业的大部分产品以内销为主，没有遇到产品出口需缴纳高昂专利费的问题，对此不够重视；二是专利申请和维护费用过高，致使许多企业和机构申请专利的积极性不高。对此，国家应该建立 3D 技术专利池，积极构建知识产权共赢合作模式，改变目前的局面，应对未来潜在的风险。

2. 产业链不够健全

对于包括彩电行业在内的整个消费电子产业，竞争的焦点不仅仅是产品的功能，或者是简单的性价比，而是更多地集中在产业链综合实力的竞争。这种竞争不是单个企业的竞争，而是产业链的竞争，行业内的领导企业往往需要通过产业整合建立具有自己特色的开放式平台，通过这一平台去整合更多的创新资源为消费者服务，只有这样才能够在产业进程中把握产业发展的主动权。

3D 电视产业链相对于传统的 2D 产业而言，涉及环节较多，并且对摄录、制作、传输、显示终端等技术和设备都有新的要求。目前，国内企业已参与 3D 产业链各环节的研发，在终端制造方面还具有一定优势，但其技术水平参差不齐，在产业链上呈点状分布，与索尼、松下、三星等具备的 3D 全产业链优势相比，整体竞争力不强。

例如在摄录编播设备方面，我国目前使用的专业级 3D 摄录编播设备全部依赖进口，主要由索尼、松下等国外企业提供。在核心部件方面，3D 电视机的面板、芯片等也基本依靠进口。整个国内企业在这些核心竞争力方面需进一步提高。

电视终端仅仅是产业链上的一个环节，布局才刚刚开始，3D 显示技术还存在着大量改进的空间。从目前来看，3D 电视是个趋势性产品，其规模还难以急速增长，前期的产业链准备工作格外重要，如制定 3D 电视的技术标准，尤其是争议很大的 3D 影像健康标准，这是目前我们欠缺和急需的。

从整个发展历程来看，终端肯定先行。然而仅仅依靠 3D 硬件产业链的准备依然不够，还需要内容提供商的支持，3D 电视要真正成为市场主流，还需要内容的驱动。如果没有 3D 内容的支持，3D 电视最多只能接收 2D 图像，失去彩电平板化之后又一次创新的意义。未来彩电业必将进入以节目内容为主体的发展阶段。目前，3D 内容商品非常匮乏，全球范围内采用 3D 技术制作的电视节目几乎为零，采用 3D 技术制作的电影不足全球电影总产量的 1%。国内在内容方面的 3D 电影、电视更加微乎其微，需要内容提供商的大力投入。

但对于中国的信息行业而言，要想抓住 3D 电视这一行业发展趋势，目光显然不能只盯着 3D 显示终端，要内容提供商、电信运营商、广电运营商、芯片商以及配套产业厂商的共同努力，必须从全局上审视整个产业链条，通过开放合作，充分整合产业链上多种资源形成合力，确保自己在未来的市场竞争中占有优势地位。

3. 产业上下游严重脱节

对于 3D 电视的市场竞争，已不再是单一产品的单打独斗，而是整条产业链的竞争。企业与企业之间应增进交流和沟通，共促发展。目前，已有多家企业积极投入 3D 技术和产品的研发，但资源分散，各自实力不强，且缺乏交流合作，没有形成具有竞争优势的技术成果或产品。国内 3D 显示技术的研究力量仍以科研院所为主，但其产业化能力有限，科研成果与产业化有一定距离，前沿技术很难及时得到转化。

例如，实时 2D 转 3D 技术能够解决片源不足的问题。TCL 主要依靠自己研发 2D 转 3D 技术来实现这一功能。创维主要依靠采购其他 2D 转 3D 芯片来实现这一功能。而清华大学已经研发出 2D 转 3D 芯片。上海大学也有了较成熟的软件，但国内企业少有问津。我国企业目前面临的问题并不是 2D 转 3D 技术是否需要搭载在 3D 电视上，而是没有有效整合各方资源。如果企业与科研院所能够将各方资源整合起来，加强产学研联动，促进科研成果的转化，便可以避免无谓的"重复劳动"。

　　立体显示技术给中国提供了在显示领域大发展的一次机遇。国内相关厂商和研发机构如果不能有效合作，就很难对抗美欧、日本、韩国各国的3D 联盟。美国拥有诸多科研院所，日本拥有索尼、松下、夏普，韩国拥有三星、LG，实力均在中国之上。中国的力量不团结起来构成合力，很可能在未来将被迫再度为立体电视交付专利费，从而导致利润的流逝、资源的流失。如果我们能够抓住这次机会，则有可能在立体显示领域占有一席之地。

第四章 亚洲主要经济体显示产业发展战略及典型企业案例

根据国际权威的市场调查机构 DisplaySearch 2007 年发布的数据，当年全球平板显示产业产值已经突破 1000 亿美元。其产业主要分布在日本、韩国、我国台湾地区等亚洲国家和地区。正如 CRT 技术起源于欧美，却最早在日本实现产业化一样。作为目前主流的平板显示技术——TFT-LCD 技术也起源于美国，而后在日本取得产业化突破。

20 世纪 90 年代初，日本首先实现小尺寸 TFT-LCD 显示器的商品化和批量生产。1998 年亚洲经济危机之前，日本一直保持着行业的领先和接近垄断的地位。随着 TFT-LCD 向大尺寸发展，韩国和我国台湾地区作为后来者先后大举投资介入，并超过日本。到 2001 年，全球大尺寸(10 寸及以上)TFT-LCD 面板生产总量中，韩国占 46%，我国台湾地区占 42%。

2009 年，随着下一代 OLED 技术的成熟，在 OLED 生产总量中，韩国占 37.6%，日本占 34.3%，我国台湾地区占 23.3%。特别是在 AMOLED 生产总量中韩国三星一家公司占 97.6%，在下一代显示技术 OLED 产业化初期已经完全超越日本。

显示面板作为电子信息设备和消费类电子产品的显示部件，是一个技术密集和资本密集的上游产业。韩国和我国台湾地区如何实现后来居上，产业生存和发展的要素是如何生成的，它们的经验有哪些值得借鉴，是本章案例分析的目的。

第一节 日　本

一、政府全方位支持

美国是最早从事 LCD(liquid crystal display)方面研究的国家，20 世纪

70 年代，研发的重心由美国转移到了日本。在 LCD 产业发展的初期，主要依靠的还是企业，日本政府对其支持较少。随着韩国与我国台湾地区 LCD 产业和技术的迅速发展，日本政府开始整合产业界、学术界等各方面的力量，共同从事技术的研发工作，促进产业发展。

建立官、产、学、研共同研发机制，包括支持产业界与大学共同研究、政府委托产业界与科研部门共同研究等各种形式。如在开发新一代 LCD 技术方面，2002 年经产省安排专项经费 153 亿日元，委托产业技术综合研究所、夏普公司、东北大学等共同开发新的 LCD 制造技术。这些措施，都显著地加快了平板显示技术与产品产业化的进程。

成立技术研发联盟。2001 年，夏普、东芝、NEC、日立、松下及三菱电机成立先进 LCD 技术开发中心 (Advanced LCD Technologies Development Center，ALTEDEC)，结合各方的技术与能力共同开发下一代先进的面板制造技术。2003 年，富士通、日立、松下、先锋及 Pioneer Plasma Display 成立了先进 PDP 开发中心(Advanced PDP Development Center，APDC)，开发生产低功耗 PDP 及低能耗制造工艺。还成立 SED、3D 显示等技术联盟。

进行平板显示产业专业园区建设，青森、三重已成为日本平板显示产业的重要集聚区。

青森液晶工业园区以 FPD(flat panel display)系统、材料、电子零部件、生产制程、评价方法、制造设备等领域为主。三重县工业园区重点发展液晶产业，园区主要有夏普、日东电工、凸版印刷等厂商，目标是将其建成世界 FPD 产业的中心。

持续地投入资金，满足平板显示产业发展的资金需求。亚洲金融危机后，日本把 TFT-LCD 技术转移到我国台湾地区，促进其产业发展。虽然日本在 TFT-LCD 的投资不如韩国和我国台湾地区，但在下一代显示技术研发上的巨大投入，力求保证其在下一下显示技术上的继续领先地位。

二、主要公司的发展战略

（一）索尼

3D 产业的竞争不是点对点的线性竞争，而是链对链的系统竞争，身处其中的企业要具备产业链的系统构建能力，如果只停留在某个环节上就很难具备竞争力，极有可能成为 3D 产业竞争的配角。

在彩电的 CRT 时代，索尼一度站在行业的顶端，但在过渡到平板时代之后，由于缺乏对上游面板资源有力的掌控，索尼在这一领域陷于亏损。索尼提出了"从镜头到客厅"的 3D 战略，比起从影院到客厅又进了一部，它将 3D 价值链的各个环节都收入囊中，通过提供专业的内容制作解决方案、面向用户的电子产品、3D 电影等创造完整的"3D 世界"。

索尼"从镜头到客厅"的 3D 战略背后，正是恰到好处地将整个产业链的价值进行放大，充分把握产业链各环节的市场份额及话语权。通过影视娱乐公司掌握节目源，通过摄影仪器公司获得 3D 节目所需要的摄影录音设备以及播出设备。

在全球电子企业，索尼具有其他企业不具备的三大优势：第一，产业链最长，包括了电视、蓝光播放器和光盘、便携计算机、游戏机、照相机、摄像机等；第二，内容平台最厚，先后成功并购了哥伦比亚公司、米高梅等公司，掌握了播放内容制作的主导权；第三，掌握了行业关键性技术，拥有将 2D 画面转为 3D 画面的技术制作能力。

南非世界杯 25 场比赛的拍摄、制作和转播都采用了索尼的专业 3D 技术和设备，包括拍摄使用的索尼专业多格式便携式摄像机 HDC-1500 系列产品，编辑制作使用的索尼立体图像处理器 MPE-200(即"3D 魔箱")和转播使用的由索尼制造的 3D 转播车。

专业的索尼 3D 4K 数字电影放映机 SRX-R320，震撼的 3D 影院体验，令人叹为观止。2010 年 4 月，包括 KDL-60LX900、KDL-55HX800 和 KDL-46HX800 两大系列三个型号应用 LED 背光源的 3D 液晶电视新品正式在国内发布，并于 6 月份和 8 月份先后上市。索尼推出了最新一代 3D 蓝光播放器 BDP-S470 和 3D 蓝光家庭影音系统 BDV-E970W。索尼在我国发布了 TX 系列的新款 DC 和创新产品 NEX-5C 微单相机，均拥有 3D 全景拍摄功能。

索尼公司和 RealD 共同宣布合作提供包括 3D 广播在内的顶级 3D 内容。除了电影内容外，索尼与国际足联及美国职业高尔夫球协会合作用 3D 格式拍摄主要赛事。

索尼已经形成了一个覆盖 3D 影视内容制作、节目传输、内容接收终端以及外接设备的全产业链战略架构，可以从容实现"从镜头到客厅"的战略梦想。

在 3D 时代，电子业将进入以内容为主导的发展阶段，硬件只能算作长产业链条上的一个环节。对全球电子制造商，生产销售 3D 电视容易，考虑如何凭借自身的力量吸引和推动上游节目和内容源供应商的参与来丰富 3D 内容却相对困难，而只有这样才能解决产业发展的瓶颈。而索尼在内容方面的优势正好可以充分发挥出来，索尼的"内容工厂"将扮演整个 3D 产业发动机的作用。

拥有了包含"内容工厂"这样的全产业链架构，既可以跟进产业技术的发展，也加强了对产业上游内容资源的控制，是一种"无缝"式的产业布局。这意味着索尼的商业模式有可能发生重大转折，由单纯的、离散式交易的硬件供应商转为综合的、连续性交易的综合娱乐提供商。以后索尼不再是一个单纯的电子公司，而是转型为一个娱乐公司，这是索尼战略布局的结果。

（二）松下

作为唯一的音频、视频合作伙伴，松下给《阿凡达》剧组提供了最先进的产品，《阿凡达》的制作大概用了十年时间。在此期间，开发人员一直在《阿凡达》的拍摄现场跟导演等直接交流。因此确信今后实景拍摄的 3D 电影将会成为主流。公司也设立了 3D 特别开发项目，来加速向家庭的全高清 3D 系统的开发，并开始了 3D 的家庭系统电视的开发进程。

后全高清时代，电视发展有两种途径：4K×2K 超高清和 3D。4K×2K 对于硬件的要求，是 HDTV 的 4 倍，不管集成电路也好，还是对其他的硬件改造也好，都需要大量投入。由于在内容、用户和技术演进的原因，松下认为向 3D 演进是合适的。

松下提出的全高清 3D 系统方案，是通过和影院同等的双通道全高清方式在家里体现，即从制作之后的双通道的全高清图像，通过蓝光系统传送，然后达到 3D 等离子电视进行全高清双路的再现，从而体验到影院质量的 3D 图像。

松下在整个蓝光 3D 的核心技术是全高清 3D 的实现方式和后兼容性。3D 光盘可在现有 2D 播放机里播放 2D 内容。松下好莱坞制作所已经开始了蓝光 3D 的编辑服务，取得了 BDA 的世界第一个蓝光 3D 编辑认证。目前完成了 HDMI 的 3D 扩展标准，从 1.3 版本 HDMI 升级到 1.4A 的版本，具备传输 3D 信号。松下同时宣布与美国最大的卫星电视服务商 DirecTV Group 建立合作，并于 2010 年 6 月推出 3 个 3D 电视频道，其中两个频道将提供常规 3D 节目，另外一个则将提供体育、音乐和其他节目内容的视频点播服务。而成为《阿凡达》的推广伙伴，也正是为了推广产品并争取好莱坞制片商的内容支持。

基于 3D 本身图像的需求，以及等离子的特点，把等离子的 3D 电视作为 3D 图像的再现平台，也是松下的 3D 战略。2010 年 3 月份，松下电器在美国全球首发世界上最大的 150 英寸的全高清 3D 电视，同时也首发了蓝光 3D 播放机，并且展出了第一台双目一体型的纯高清摄像机，也就是专业用全高清 3D 摄影机。以上产品包括摄、录、放，产品本身构成一个比较完整的自我娱乐的系统。

据松下对全球 3D 电视普及率的预测，到 2014 年，50 英寸左右或者 50 英寸以上的等离子电视机 70% 将会普及 3D，也就是大尺寸的电视几乎都是 3D 电视机的状态。从 2010 年 4 到 6 月份的日本市场统计结果看，松下 3D 电视在 50 英寸以上的电视机里约占 40%，大尺寸的 65 英寸或者 54 英寸以上的电视机比例也逐渐增加。

松下在日本也推出了 3D 蓝光播放机和 3D 电视机一体化的机器。到 2012 年，对于 42 英寸以上的电视，3D 将成为标准配置。

索尼、松下等日本企业推动的 3D 电视热潮背后承载着在全球范围内重新夺回消费电子行业霸主地位的战略任务。因为，日本的企业早已通过行业内外整合，快速构建了覆盖全环节的产业链，而这种产业架构具有极强的排他性，一旦建立优势将长久获益。这一优势将在 3D 电视的产业整体切换中得到全面释放，通过 3D 电视的市场普及，掌握内容源的主动权，最终成为产业链的最大受益者，而其他竞争对手有可能将逐渐被边缘化。

第二节 韩 国

一、韩国政府为韩国 TFT-LCD 发展提供了良好的产业政策扶植

韩国政府在平板显示产业和技术的发展上，一直扮演积极的角色，具体如下所述。

(一) 政府主导

建立产官、学、研资源共享机制。对于平板显示显示技术开发，韩国政府部门积极介入，企业财团积极投入，政府和企业凝聚共识，形成产官学研研发资源共享机制。加强平板显示产业的上下游整合，促使各界共同朝制程改良及成本降低的方向努力，并且进一步聚焦于下一代产品研发及第二代平板显示显示器的研发和专利策略的布局。

(二) 支持多项科研计划和项目

为了推进平板显示产业的持续快速发展，尽快实现平板显示产业发展的目标，韩国积极推进多个计划和项目实施。电视用 TFT-LCD 面板及 PDP 面板研究被列入韩国产业资源部列入 7 大研发课题之一，连续 5 年获得每年 30 亿韩元的研发经费支持。为了使韩国能在第二代显示技术上占据领先的地位，韩国政府制订发展蓝图，并制订研发计划：OLED、FED、3D 等次世代平板显示商用化技术开发。

(三) 提高材料、设备与零组件的技术竞争力

韩国政府支持面板厂与设备厂进行合作开发 LCD 和 PDP、材料和设备，目标是提高设备制造商的技术专业化和大型化，在五年内实现商业化，且在次世代平板显示设备、材料、零组件市场上居于领导地位。

（四）加强产业环境建设

建立了包括显示器件、材料零组件、人才培养等在内的一体化配套基础。同时，主要以 LCD 与 OLED 的工程技术研究为重点，建立"工程技术开发中心"，并将其纳入"次世代平板显示研究基础建立计划"；以 LCD、PDP、OLED 的零组件、材料技术开发为主，建设"零组件与材料中心"；推动"人力培养中心"、"产业信息支持、技术、市场信息、政策、措施相关信息提供数据库中心"等计划的实施。

（五）出台优惠政策

加强国际交流，重点支持大企业的发展，使得这些企业能够快速实现垂直整合，同时出台相关的优惠政策包括关税、所得税、投资、研发、人才培养等来吸引国内外投资。同时由"韩国平板显示研究组合(EDIRAK)"牵头，以获得原创技术为目标，加强与日本、美国等先进国家的合作，并积极参加国际平板显示器标准的制定工作。

具体的说，20 世纪 80 年代韩国政府制定了向创新驱动型经济过渡的国家政策。在 70 年代，劳动力和资本投入对韩国经济成长的贡献占 55.1%，技术创新只占 12.8%。到 90 年代末，劳动力和资本的贡献下降到 37.2%，而技术创新对经济增长的贡献提升到 55.4%[①]。在此期间，政府组织了大型的国家工程，包括程控交换机和半导体存储器(4M DRM)等项目的技术攻关。在 90 年代中期，韩国提出发展国家信息基础设施和 IT 工业的 KII 计划，韩国的科技部在 1995 年提出 "The G-7 HAN (Highly Advanced Nation) Project"工程计划，意在促使韩国发展成为能与工业强国——7 国集团一样具有高度先进科学技术的国家。2005 年，韩国科技研究费用投入为 235 亿美元，占 GDP 比重的 2.99%。其中政府投入占 24%，私营企业投入占 76%。

2000 年，韩国政府提出 174 项待研究的核心技术，政府投资了 1.2 亿美元用于研发，目的在于提升韩国在世界市场上的技术竞争力。这些技术包括：下一代互联网、光纤通信、数字广播、无线通信和计算机软件等。平板显示也是其中的一个子项目。政府针对这些选择的项目改进了奖励制

---

① 韩国科技部 MoST. 2005 "Recent development in Korea". Science & Technology Policy. 4

度，导致在国内外 1000 多项专利的申请。政府督促帮助建立有效的研究管理制度，以便有效地利用 R&D 基金。同时政府投入的基金集中于创新技术的开发，以形成国家未来持续发展的竞争力。一般说来这些技术短时期内不太可能商品化而给企业带来近期效益，因此企业投入的积极性较低。政府在 2001 年上半年还投资 8840 万美元去支持中小高技术企业的研发活动。在政府政策的引导下，韩国 2001 年在 IT 上的投资总额达到 400 亿美元[①]。

2002 年，韩国产业资源部公布"平面显示器产业发展计划"，明确重点发展 LCD、PDP 和 OLED。出口价值要达到 315 亿美元，设备和材料自制率从 2001 年的 20%～40%增加到 2010 年的 80%。而且，2002～2012 年，韩国政府每年拿出 1700 万美元用于开发下一代显示器技术，250 万美元支持设备开发，60 万美元给韩国电子技术协会，协助液晶显示器件相关业者的交流与发展，并出资 5100 万美元成立工程技术开发中心、零组件与材料中心和人才培养中心，投资 7.4 亿美元支持建设光州光电子工业带。韩国相应的财税政策非常到位，对液晶显示器企业所得税实行"七免三减半"。

据韩国教育、科学和技术部(MEST)的报告，2008 年，韩国在 486 个项目 37 449 个任务中由 29 个政府部门共投入 89 亿美元的研发经费。其中，知识经济部(KKE)花费 29 亿美元，教育、科学和技术部(MEST)花费 28 亿美元。研发投入的主要领域在工业生产和技术(29.4%)、国防(14.3%)、环境保护(9%)。归属政府的研究机构用去最多(41.4%)，其次是学校(24.2%)和中小型高科技企业(10.7%)。

在 TFT-LCD 产业的发展上，韩国政府并不是一开始就介入，韩国的三大财团企业——三星，现代和 LG 分别在 20 世纪 90 年代初各自决策，并通过不同的途径建立了 TFT-LCD 的生产线和产业链。有一些政府基金加速了这种投入，如对库米(KUMI)科学园区内 LCD 相关研发机构的补贴资助，LCD 工程师的培训支持等。

1991 年，韩国贸易、工业和能源部(MOTIE)投入 640 万美元用于资

---

① 韩国网络和信息中心 KRNIC。

助笔记本电脑显示模组的开发。四个主要的电子公司(三星、现代、大宇和 LG)都参加了此项活动，并在 1994 年开发出 10 英寸屏模组。政府试图让这四家合资生产显示屏，但未成功。这四家公司想做的，只不过是技术的交叉授权。总的说来，是财阀们自己担当风险进行产业的重大投资而不是在政府的直接干预下进行的。但是韩国政府的科技强国产业政策，鼓励市场竞争及私人对工业的投资，前期 R&D 的研发资助，对人力资源培训的各种费用支持，信息基础设施的大举投入，先进的风险投资市场和 KOSDAQ 证券交易系统，以及韩国特有的财阀体系和半导体工业的产业基础，为 TFT-LCD 产业的投入和持续发展都提供了重要的产业环境。

韩国政府对 TFT-LCD 产业的注重是在已经形成一定的产业规模后进行的。TFT-LCD 产业化技术的突破是在日本发生的。日本公司掌握着大量的材料，零组件及生产设备的专利技术。韩国 TFT-LCD 产业的早期阶段对日本公司的依赖度很高。1995～1996 年度，韩国出现了 200 亿美元的贸易逆差，仅从日本进口的 TFT-LCD 的生产设备价值就超过 8 亿美元。韩国政府开始考虑到韩国公司过分依赖于日本的制造设备不利于韩国工业发展的长远利益，政府的干预对于减少对日本的依赖是必要的。针对这个问题，出台了两项主要的扶持基金，一是 G-7 HAN 工程，二是贸易、工业与能源部和科技部的基金。

1995 年，G-7 HAN 专项给予平板显示的资助为 1000 万美元。1996 年，科技部(MOST)提供了 400 万美元的基金，贸易、工业与能源部(MOTIE)提供了 380 万美元，另有 880 万美元由 EDIRAK 成员提供。EDIRAK 是由 MOTIE 倡导成立的韩国电子显示行业研究协会，成立于 1990 年。作为公私合营的研发协调机构，EDIRAK 早期开发了 CRT 的生产标准。1997 年总资助上升到 7160 万美元。资源统一由 EDIRAK 支配，政府方面 MOTIE 负主要的监督责任，MOST 配合。EDIRAK 建立专门的技术委员会决定研发的优先级，并提出项目建议，最后的资助分配由管理委员会决定。当时讨论了 4 个领域：TFT-LCD、PDP、FED 和 3D 显示。最后达成共识：中小尺寸显示以 TFT-LCD 为主要对象，大尺寸研究 PDP。TFT-LCD 研究集中在背光、偏光片、步进马达(Stepper)、净化器、玻璃清洁、玻璃检验系统和光阻材料等。

政府的直接投入向高新技术的共性技术平台和共用测试平台倾斜。同时出台法规鼓励技术成果转化，将政府基金研发产出的成果转化为中小型科技企业的政府投资或企业借贷。政府重视技术教育，对研发工程师和技能工人的培训提供支持。至于产业投资主体——财阀体系，众所周知，正是政府从朴正熙时代开始通过优惠贷款和税费减免，扶持了少数大型家族企业使其迅速成长为跨越某些行业的、上下游产业链垂直整合的大型跨国公司。其中最大的四个是三星、LG、现代和大宇。韩国政府对外商投资的 TFT-LCD 制定了一系列的优惠政策，包括企业所得税实行"七免七减"，增值税为 10%(可抵扣)，韩国本地不能生产的设备和原材料进口关税全免，将原来课征 8% 关税的 TFT-LCD 显示器制造设备纳入无关税项目。

2007 年 5 月，在商业、工业和能源部(MOCIE)主导下，韩国显示行业协会(KDIA)在首尔成立。三星电子、三星 SDI、LG 电子和 LGD 都参加了大会，三星电子 LCD 的 CEO 李相万(Lee Sang Wan)被推举为 KDIA 的理事长。有 250 家上游材料、设备供应商加入协会。李相万在会上说韩国显示产业将发展所有相关产业链，包括面板、设备、零组件和材料，形成不分企业规模大小的所有企业间的合作。KDIA 还将分配给韩国显示设备材料协会 KODEMIA(Korea Display Equipment Material Association)和韩国电子显示行业研究协会 EDIRAK 承担各自不同的责任和任务。四个主要面板厂商决定承担 8 项共赢合作任务，包括交换专利、终止与设备材料供应商的排他性协议、在基础应用技术上合作研发等。受排他性供货协议的限制，在 250 家上游设备材料供应商中，仅有 20 家同时向三星和 LG 供货。54% 的三星用屏和 31% 的 LG 用屏从我国台湾厂商进口，而不是相互购买。我国台湾地区已差不多可以和韩国匹敌，而日本控制了 70%～80% 的高附加值关键设备和材料。KDIA 协会从 2007 年下半年开始计划在不同的新技术领域发展合作战略和制订开发规划。三星和 LG 将讨论专利的共同拥有，以及短期内对韩国本地供应商放开排他性供货协议，扶持本地供应商，使他们更具竞争力，鼓励兼并成为更大更有效率的供应商。长期战略在于合作进行技术开发，最终实现高附加值的关键部件和材料本地化生产，替代从日本进口。

据韩国媒体 2008 年 5 月 15 日报道，韩国知识经济部长称，韩国政府将重点关注下一代显示技术，协助本地公司开发关键零部件和材料，扩展制造商之间的合作。韩国知识经济部的首要策略是鼓励本地公司向对手购屏，替代从外国进口，作为开始步骤，如政府帮助安排三星和 LG 相互采购面板。三星向 LG 购买 37 英寸屏，LG 向三星购买 52 英寸屏。半导体和显示部门官员车东勇(Cha Dong-hyung)说，这样的协议将提升本地生产，帮助国家进出口贸易平衡，提供更多的商机给零部件供应商。除了相互采购外，政府推动企业共同研究开发目前依赖于进口的关键零部件和材料，合作研究的领域包括 LCD 光学膜、液晶配向膜、背光模组、彩色滤光片的阵列印刷和数字曝光系统等。这些技术研发将对各方有利并使国家整体受益。

知识经济部官员说，如果计划进行顺利，到 2012 年，韩国显示面板出口额将上升至 650 亿美元，韩国制造的显示屏在世界市场上的占有率达 42%。同年，本地制造的零部件供货比例将从 2007 年的 40%上升到 50%，预计到 2017 年显示屏所有零部件的大约 70%将由本地公司制造，同时至少在行业内新增 20 万个工作岗位。韩国的目标是，显示面板产业在 2017 年至少占有全球 45%的市场份额。

在 2008 年国际金融危机中，韩国政府不惜使用让韩元汇率重贬的双面刃，让出口为重的三星价格竞争力增强。2009 年 9 月 22 日，在首尔证券交易所的三星电子股价再创新高，以 1102.4 亿美元的市值超越美国半导体公司英特尔。三星电子的市盈率仅 13 倍，而英特尔却高达 45 倍，然而一年以前，三星的总市值仅为当时英特尔的 40%。在此之前，三星已超越索尼、诺基亚。我国台湾地区媒体惊呼：韩国经济逆转胜的秘密，在三星！

二、韩国企业成功案例

三星电子(SAMSUNG Electronics)和 LG 显示(LG Display)是韩国 TFT-LCD 面板最大的两家制造商。韩国工业经济与贸易研究所的数据显示，2008 年全球 TFT-LCD 面板生产总量中，三星所占比例名列第一，达到 25.7%，LGD 占比为 20.3%。

本节将重点追踪三星电子 TFT-LCD 产业的发展史。从资本、技术、人力、设备等生产要素及产业环境、市场供求、供应链布局等方面的动态变化分析其特点，并进一步调查了解韩国政府的产业政策及其作用。

（一）三星电子

1. 三星电子 TFT-LCD 产业发展历程

三星电子是三星集团下属最主要的一个子公司，三星集团是韩国最大的财团企业(chaebol)之一，创始人是李秉喆(Lee Byung Chull)。2007 年，三星集团的净销售额达到 1742 亿美元，总资产为 3029 亿美元，股东权益为 1101 亿美元，净利润为 139 亿美元。其中，三星电子的销售收入为 1050 亿美元。20 世纪 70 年代三星电子从制造彩色电视机、录像机起家，到现在已经发展成为一个在数字电视、半导体存储器、移动电话手机和 TFT-LCD 面板领域具有行业领先地位的国际品牌和跨国公司。

（1）三星电子激进地投资扩充其 TFT-LCD 面板产能，在产能投资方面一路领先。

三星电子于 20 世纪 90 年代初期投入 TFT-LCD 生产，通过自行技术研发提高良率，在产能投资方面一路领先，特别是在景气低潮时勇于投资取得先发优势，并采用灵活的市场策略，超越竞争对手。1984 年，三星集团下属三星显示器件公司 SDD(SAMSUNG Display Devices)建立了一个实验研究小组，从美国 TFT-LCD 专业生产厂商光学成像系统(optical imagining systems)公司获得技术许可，并雇用前日本实验室研究人员，作为获得技术的另一途径。1991 年 1 月，由于 TFT 薄膜晶体管在玻璃基板上的制作工艺与在硅晶片上制作半导体存储器的工艺类似，TFT-LCD 业务转移到三星电子的半导体部门。此前，三星已经在 80 年代中晚期成功地进入 DRAM 产业。三星电子在韩国器兴(Kiheung)先建立了一条亚 1 代试制线，玻璃基板尺寸是 300 mm×300 mm。此后，三星开始激进地投资扩充其 TFT-LCD 面板产能，在产能投资方面一路领先，如表 4-1 所示。

表 4-1 三星电子 TFT-LCD 产业的发展史

时间	三星 TFT-LCD 发展
1991 年	1 月，TFT-LCD 业务转移到三星电子的半导体部门，三星电子在韩国器兴(Kiheung)先建立了一条亚 1 代试制线，玻璃基板尺寸是 300 mm×300 mm
1992 年	开发出 VGA 分辨率的 10.4 英寸样屏
1993 年	9 月，三星完成了在 300 mm×400 mm 玻璃基板上切二(10.4 英寸)的生产线，开始了每月 2400 片玻璃基板的制程，生产出来的显示屏主要供应美国客商 年底，三星在器兴开始建设玻璃基板尺寸为 370 mm×470 mm 的 2 代生产线(1 线)并在 1995 年 2 月进入规模量产
1995 年	7 月，该线达到每月 20 000 片玻璃基板的产量。每片基板切割出 4 片 10.4 英寸 VGA 面板，1 线的产能可以达到每月 100 万个显示面板 三星和日本富士通公司达成交叉授权协议，富士通提供给三星宽视角技术，用于交换三星的高开孔率技术
1996 年	4 月，三星在器兴投资建设 3 代线(2 线)，玻璃基板尺寸为 550 mm×660 mm，可以在一片基板上切割 6 片 12.1 英寸 SVGA 面板，设计月产能为 25 000 片基板 三星康宁——三星和美国康宁玻璃的合资企业，开始生产 TFT-LCD 用特种玻璃 三星并购了 AST，一个当时经营状况不太好的美国品牌笔记本电脑和 PC 制造商，三星成为了韩国国内最大的计算机销售商，也是亚洲最大的计算机销售商之一
1997 年	7 月，三星率先推出了 14 英寸 XGA 液晶平面显示器，充当市场领先者的角色
1999 年	三星电子大尺寸 TFT-LCD 的产量超越日本夏普公司，排名全世界第一
2000 年	4 月，三星电子在天安投资 6.6 亿美元建设的第 4 代线投产
2002 年	三星在更新第 4 代以下的部分产线和第 5 代(1100 mm×1250 mm)生产线基础建设的投资额高达 9.6 亿美元
2003 年	投资了 15.37 亿美元升级了 5 代线。并在第四季度开始启动第 5 代生产线(1100 mm×1300 mm)第 2 期的建设
2004 年	投入 17.7 亿美元，用于 5 代线 2 期和新建第 7 代(1870 mm×2300 mm)生产线
2005 年	三星电子成功争取到下游厂家和大用户——日本索尼(SONY)公司的战略投资，双方合资 20 亿美元在天安建设第 7 代 TFT-LCD 面板生产线，并定义了在 7 代线经济切割的 40 英寸面板标准。7 代线成功量产后带领了 40 英寸液晶电视的市场需求。第四季度 40 英寸 LCD TV 以市场高价和良好的表现，从几大著名彩电品牌手中夺走了 37 英寸 LCD TV 的市场份额，取得领先优势
2006 年	4 月，SONY 与三星合资面板厂 S-LCD，同时宣布合资建立 8 代线，主攻 50 英寸级的液晶电视市场，8 代线玻璃基板规格为 2200 mm×2500 mm，设计产能为 5 万片
2007 年	年底，三星电子对媒体宣布，将在 2008 年投资 22 亿美元去扩建其 8 代线，目标在于 46 英寸和 52 英寸的液晶电视
2009 年	夏普和三星先后在美国相互指控对方产品侵犯自己的专利，法院分别判被告方败诉。据韩国媒体报道，三星计划在 2009 年下半年投资 31.6 亿美元建设第一条 11 代液晶面板生产线

(2) 三星电子采用并行开发体系获得制造工艺和规模生产技术。

三星用亚一代试制线生产 9.4 英寸产品的同时开发 10.4 英寸样品，并自行研发彩色滤光片及其用材的制造技术。三星首先从行业先行者那里学习技术。例如早期，彩色滤光片的开发是基于日本 NNT 公司提供的技术文件。为了降低研发成本和提高研发速度，三星利用了行业内原有的基础和设施，如聘任专业的工程师，与成熟的有经验的日本设备厂商进行合作；利用互联网通信，与俄罗斯工程师合作开发 15.1 英寸 XGA LCD 显示器，并在该项目中申请了一项专利。由于 TFT 工艺类似于半导体 DRAM 的工艺，三星强化自我学习过程，利用已掌握的半导体制程工艺、质量控制、专利管理、交叉授权、市场渠道和谈判技巧，来获取需要的技术和设备。

(3) 三星电子采取产品领先和价格先导的市场策略获得成功。

1995 年以前，TFT-LCD 几乎都是日本制造。1992 年，笔记本电脑用的 8.4 英寸屏才开始批量供货，接着很快被 9.5 英寸、10.4 英寸屏替代。到 1995 年，市场期待的下一个替代尺寸应该是 11.3 英寸，但在它成为市场主流之前，却被三星推出的 12.1 英寸屏超越了，许多日本面板厂商对此措手不及。三星与笔记本电脑的大生产厂商日本东芝公司达成战略合作协议，主推 12.1 英寸屏，并推动它迅速成为市场标准。三星将原来生产 10.4 英寸面板的 1 线改换为生产 12.1 英寸，由于非经济切割在产量和产出率上损失巨大，迫使他们加紧投入 2 线建设并设法加快提高良率的学习过程。紧接着三星电子在天安启动了 3.5 代线(3 线)的建设，在 600 mm×720 mm 的玻璃基板上切割 13.3 英寸 XGA 或 17 英寸 SXGA 面板，分别用于笔记本电脑显示屏和台式显示器屏。预期产能是每月处理 30 000 片玻璃基板，完成时间在 1998 年二季度，总投入约 9 亿美元。

(4) 三星电子采用垂直整合策略获取竞争优势。

在往上游的垂直整合中，三星电子建立了自己的供应链。玻璃基板的制造技术是相对封闭和寡头垄断的，因此也是利润相对丰富的环节。康宁玻璃、日本旭硝子和日本电气硝子是全球最大的三家玻璃基板制造企业。三星通过和康宁的合资建立三星康宁，满足了玻璃基板的供应。另外一个环节是彩色滤光片，它在 TFT-LCD 模组的生产成本上占近 20% 的比例，在大尺寸的面板模组上，彩色滤光膜直接在玻璃基板上制作。三星的彩色滤光片是内部供应的。此外，驱动 IC、靶材、扩散膜、反射膜、PET 膜等零部件和材料也逐步做到大部分集团内供应，但在关键原材料上仍然依靠日本厂家提供。

三星同时采取了整合下游的措施。1996 年，当时 TFT-LCD 面板的主流应用是笔记本电脑的显示屏。三星并购了 AST，一个当时经营状况不太好的美国品牌笔记本电脑和 PC 制造商，三星成为了韩国国内最大的计算机销售商，也是亚洲最大的计算机销售商之一。1997 年 7 月，三星率先推出了 14 英寸 XGA 液晶平面显示器，充当市场领先者的角色，尽管当时它预计在 1999 年之前 14 英寸屏不太可能成为市场主流。

(5) 三星通过引进、消化、融合、再创新，发展独立的核心技术。

在中小尺寸，三星拥有 mPVA(mobile patterned vertical alignment)和 SLView(SAMSUNG light view)，并应用于移动设备，如手机和 PDA 用的显示屏。在大尺寸三星开发了 PVA 型面板，这是一种图像垂直配向技术，该技术让显示效能大幅度提升以获得优于 MVA(multi-domain vertical alignment)的亮度输出和对比度。在 PVA 基础上，三星又发展了超级改进型——S-PVA。据 TAEUS 公司的报告，在美国注册的 LCD 技术专利中，夏普、日立等日本公司占了绝大部分，超过 1100 项，三星电子和 LG 电子也各拥有 99 项和 76 项专利。三星电子的研发投入占其销售额较大的比例，如三星电子 2003 年的 R&D 研发投入占其销售额的 8.1%(FINPRO, South Korea，2005)，按照美国 2004 年 5 月的《技术评论》(*Technology Review*) 杂志专刊评分板上全球著名公司专利技术的竞争力指标的排名，三星电子在半导体领域名列第四，在电子领域名列第六。

三星电子不断地将新技术，新工艺引入 TFT-LCD 产业领域。2009 年，三星率先将白光 LED 侧置式背光引入大尺寸液晶平板电视，掀起节能超薄环保的时尚消费热潮，取得巨大成功。2009 年前三季度，三星在美国销售的 LED 背光电视占市场份额近 9 成。DisplaySearch 预测 LED 背光源在大尺寸 TFT-LCD 的渗透率将从 2009 年的 3%提升到 2013 年的 40%。

(6) 三星电子吸引国际上著名大公司资金用于不断改造生产线，从而取得世界领先地位。

2004 年，三星电子成功争取到下游厂家和大用户——日本索尼(SONY)公司的战略投资，双方合资 20 亿美元在天安建设第 7 代 TFT-LCD 面板生产线，并定义了在 7 代线经济切割的 40 英寸面板标准。2005 年第四季度，40 英寸 LCD TV 以市场高价和良好的表现，从几大著名彩电品牌手中夺走了 37 英寸 LCD TV 的市场份额，从而取得领先优势。

2006 年 4 月，SONY 与三星合资了面板厂 S-LCD 后，又宣布合资建立 8 代线，主攻 50 英寸级的液晶电视市场。双方签约各投资 10 亿美元，厂区位于韩国忠清南道的汤井，8 代线玻璃基板规格为 2200 mm×2500 mm，设计产能为 5 万片，2007 年 8 月 28 日正式量产。三星旗下的两条 7 代线在成功的市场策略运作下，让 40 英寸液晶电视位居市场主流，也使三星在大尺寸液晶电视市场囊括了 53% 的比重。三星除了供应自有品牌的 LCD TV 外，更是 SONY 和 PANASONIC 的最大面板供货商。

2. 韩国三星案例反映出的韩国 TFT-LCD 产业发展特征

(1) 政府的主导作用体现在产业政策扶持、产业发展环境创造、前瞻性研发投入、人力资源培训、产业链关系协调等方面，集中国力资源支持三星、LG 两大财团企业发展平板显示产业。

(2) 投资主体是大企业集团(财阀体系)为主，外资投资为辅，保障了产业链构建资金及领先的规模扩张战略。

(3) 技术来源是在一定的产业基础上，先进行关键技术引进，购买专利，后续注重自主开发，强调研发投入。

(4) 经营主体实力强大，贯通上下游产业链，跨国公司经营，采取就近生产降低成本的配套布局，勇于竞争的灵活的市场价格策略和品牌提升战略，造就重点市场的局部优势到形成全球大局的竞争优势。

(5) 日本作为行业先行者仍然掌握大量专利及关键技术、原材料和设备，韩国政府正在组织产业协调发展，努力降低在关键原材料和生产设备上对日本的依赖性。

(二) LG

LG 作为全球电视领域的领导厂商，凭借在 Full LED 和 3D 技术方面的领先优势，市场份额逐步扩大。

LG 是全球最大的 3D IMAX 屏幕生产商，在发展 3D 电视方面具有优势。这使得其在 2010 年 CES 展上率先发布了 3D Full LED 电视 LEX9 和

FULL LED 电视 LX9500。此后，又连续推出这两款 3D 电视产品，抢占了 3D 电视发展的制高点，成为了整个 3D 电视市场的领导者。LG 电视的成功来源于不断根据消费者的应用需求进行针对性的创新。LEX9 和 LX9500 采用 IPS 硬屏 3D 技术，运用迅畅(TruMotion)480Hz 技术，使 3D 画面一秒钟被刷新 480 次。保证了 3D 画面呈现的即时、叠加后的立体画面的流畅性。采用了革新性的 FULL LED 背光源结构，使得色彩表现更精准，色域更广，色彩饱和度更高。

在 3D 内容方面，LG 已经与好莱坞制片商进行合作，共同开发 3D 片源；在韩国市场，LG 电子宣布与微软 Xbox360 联手共推 3D 游戏，凡购买 LG 3D 电视 LX9500 的消费者，都可以免费获赠微软 Xbox360 正版 3D 游戏软件。

三、韩国政府的下一代显示产业发展战略

OLED 显示技术是显示器领域未来重点发展方向之一，具有高亮度、高对比度、低功耗等特点，适用于多种设备，如手机、MP3 播放器等，是新型平板显示器发展重点之一。此外，OLED 照明作为一种新型的固态半导体照明技术越来越引起人们的关注。

很多国家都推出了相应的产业促进政策，以大力推动 OLED 技术的发展。韩国作为一个显示器大国拥有三星、LG 等一批具备国际竞争力的显示器生产企业。为了抢占未来的显示器市场，韩国知识经济部在其推出的多个发展战略中均把 OLED 产业发展列为重要的发展目标。

韩国知识经济部于 2009 年 1 月发布的《韩国绿色 IT 国家战略》中概述了当时韩国 OLED 技术发展的状况。美国、欧洲、日本等国家也都在积极推动可替代白炽灯、日光灯等传统光源的 OLED 技术的研发。美国平均每年投入 30 亿美元的研发经费用于 OLED 照明的研发，计划到 2012 年研发出效率提高 200% 的 OLED 照明设备。而韩国尚处于 OLED 光源核心技术研发的初级阶段。

在该战略中，韩国政府表示，到 2011 年将完成 OLED 照明核心专利技术的研发；2012 年推广 OLED 照明设备的使用，提高电力的使用效率，

电力消耗减少原来的 1/5。政府希望通过发展 OLED 技术，通过照明和 IT 技术的融合，创造节能环保的新一代照明产业，从而提高国家竞争力。计划到 2027 年将 100%的照明设备都替换成 OLED 照明设备，能源消耗比 2007 年减少 15%(路灯 300 亿韩元)，温室气体排放减少 6%。

另外，在 2010 年 5 月 19 日，韩国政府又新推出了《显示器产业动向及对方案》，明确 OLED 发展目标是到 2013 年能够成为世界首个实现 AMOLED 显示面板量产的国家，引领新一代显示器市场的发展；到 2015 年，韩国基本进入显示器时代；让韩国国产显示器设备产品及零配件材料，在韩国市场份额扩大到 70%(目前份额为 50%)。

在《显示器产业动向及对方案》中，韩国政府将 OLED 产业列为中长期发展目标。目的是使韩国最终能够成为世界首个 AMOLED 电视和 OLED 照明面板量产的国家，并确保在柔性显示器、电子印刷等新一代显示器领域的核心技术竞争力。

为完成 AMOLED 电视量产的目标，韩国政府对正在进行的核心生产设备和材料的研发项目提供大力支持，今后将扩大到第 8 代技术的研发。2010 年，政府投资 75 万亿韩元，将现有的第 5.5 代 AMOLED 面板垂直和水平的涂层工艺转换成垂直和水平连接型的工艺技术。另外，还将投资 10 亿韩元用于核心有机材料的开发。民间资本预计将在 2010~2013 年投资 10 万亿韩元，用于 AMOLED 面板的生产设备投资。

为了能够研发出引领新一代环保的 OLED 照明市场的核心设备，韩国政府计划大力促进 OLED 照明产业技术的发展。在 2010 年投资 70 亿韩元用于研发第 4 代 OLED 照明面板的量产设备的同时，培养人才以及进行 OLED 照明的设计研发。

同时，韩国政府将对柔性显示器的核心技术柔性基板、工艺技术以及设备研发提供支持。在 2010 年投资 100 亿韩元用于可替代现有柔性显示器玻璃基板的塑料技术，投资 22 亿韩元用于在柔性基板上涂层的 AMOLED 工艺技术，同时还将对低温等离子设备等柔性显示器生产设备进行研发，并有望在 2015 年形成规模市场。

韩国知识经济部为推进 OLED 照明产业化，与民间合作投资 300 亿韩元进行 OLED 产业化技术开发专项方案，期望至 2013 年实现 OLED 照明普及。该方案的重点在于，提升 OLED 面板生产装备开发及业者的 OLED 制造能力，此部分正是 OLED 市场形成的"绊脚石"。特别是装备业者和 OLED 照明面板生产商将共同开发出 4 代基板用 In-line 真空镀膜设备等核心设备，计划量产高生产性、低费用的 OLED 照明面板。

此外，韩国国生产技术研究院光州纳米技术中心以及电子零件研究院全罗北道印刷电子中心等机构，也将提供中小型照明企业 OLED 照明新产品的开发用面板，光州设计中心则支持 OLED 照明设计开发。韩国政府有关部门也将构建国际网络，培育 350 余名 OLED 照明专业人才，并举办各种专题的国际讲座。

第三节　我国台湾地区

我国台湾地区在 2000 年后，抓住当时韩国 TFT-LCD 产出超越日本，日本多数公司由于财务困难无法进一步扩大投资的机会，利用已有的产业基础和资本市场运作，突破技术和资金壁垒，后来居上。TFT-LCD 是我国台湾地区相关部门"两兆双星产业发展计划"重点扶持的产业。2007 年，我国台湾地区有 90 多家与平板工业有关的公司，总产值达到 561.8 亿美元，约占我国台湾地区 GDP 的 13%。到 2010 年，我国台湾地区生产的 TFT-LCD 面板占据了全球生产总量 40% 以上，友达、奇美发展成为 TFT-LCD 面板全球五大生产厂商之一。追踪其发展史，工研院的推动作用和友达的资本运作战略，可以给我们一些启示。

一、我国台湾工业技术研究院对 TFT-LCD 产业技术发展的助推作用

从 20 世纪 70 年代开始，我国台湾地区的经济事务部就一直在推进产业结构升级，从劳动密集型制造业向高附加值产业转移。工业技术研究院(以下简称工研院)作为民办官助的非营利科研机构，主要从事前瞻性应用技术研发、产业技术集成创新、技术转移、技术服务及人才培育工作。20 世纪 80 年代，由工研院电子所(ITRI-ERSO)孵化出了联华电子

(UMC)和台积电(TSMC)，它们后来分别发展成为世界著名的专用集成电路生产商和世界上最大的集成电路晶圆代工厂，奠定了我国台湾地区半导体工业的基础。成熟的半导体产业，又支持了 TFT-LCD 的前段制程技术发展。

工研院的研究经费来自政府研发基金和私营企业委托项目收入，2003 年工研院曾做过一个调研，研究结果显示，每投入 1 元，会有 10.77元的营收净额，与 2.01 元税后净利。到 2005 年，工研院申请的专利获得授权累计总数达到 9276 件。2005 年当年，工研院对外专利许可收入超过 4 亿新台币，技术转让收入超过 12 亿新台币。我国台湾地区规定到工研院工作四年的大学毕业生可以免服兵役，这吸引了许多优秀的大学生到工研院工作。当工研院的一个项目研究有了可以商品化的成果时，工研院有一个技术转移的机制允许研究人员携带项目成果离开工研院进行创业。因此，台湾地区有 70 多家创业公司的董事长或总经理是工研院的离职员工。

工研院电子所早在 1986 年就开始 TFT-LCD 研究，1987 年启动了平面显示器技术开发计划。在以后的几年时间里，电子所开发了彩色滤光片和COG(chip-on-glass)工艺技术，并先后作了技术转让。此外，电子所还制作出 3~6 英寸 LCD 显示样屏。1993 年，电子所启动了一个四年规划总投资9400 万美元的专项，它建立了一条试制线并在 1994 年试制成功 6.4 英寸TFT-LCD 显示屏。电子所将该技术授权给元太(Prime View International)，当时元太获得风险投资并在新竹科学工业园投资建设我国台湾地区的第一条 2 代线。电子所 TFT-LCD 主要研究人员之一的吴炳昇博士也离开工研院加入了元太(他后来成为奇美 CMO 主管研发的副总)。元太是我国台湾地区最早进入 TFT-LCD 面板制造的企业之一，但后来在规模扩大上并没有走太远。工研院电子所在 1994 年还开发出 10.4 英寸 TFT-LCD 样屏，1995 年开发了宽视角技术。

在 20 世纪 90 年代，我国台湾地区逐渐发展成为世界最大的笔记本电脑的组装地。使用的 TFT-LCD 显示屏主要从日本进口，形成巨大的对日贸易赤字。我国台湾相关部门在 1992 年提出一项旨在替代进口的关键元器件本地化生产的开发计划，包括了 TFT-LCD，为承担项目的本地生产企业提供减息贷款、研发资助、税收优惠等政策。

1993 年，在我国台湾地区经济部工业发展局的倡导下，TFT-LCD 产业联盟成立了，成员包括了风险投资公司、联电、台积电、中华映管、南亚等私营公司，目的在于筹集 5 亿美元资金去建设一座 TFT-LCD 工厂。每一两个月，工研院电子所负责召集会议，但成员们对于采用哪家技术发生分歧。工研院电子所的技术还未成熟到可以商业化的程度。日本当时还不愿进行技术转让和授权。飞利浦有意授权，并且协助组织了到荷兰去考察试产线。但最后，由于成员意见不一，联盟被迫解散。

两年以后，工研院又一次邀集私营公司开会，向它们展示介绍了电子所自行开发的 10.4 英寸 TFT-LCD 屏。中华映管、南亚、宏基周边设备公司和中钢集团各出资 10 万美元及投入一批专门的工程师对电子所的技术进行了后续开发，并和元太签约，在它的生产线上制造样屏。电子所提议，共同出资建立了一条试制线，电子所提供监制，然后孵化出一个 TFT-LCD 的私营企业，但方案没有被采纳。没有一个公司愿意冒风险并获得工研院电子所的技术授权继续向下一阶段发展，联盟再次解散。工研院虽然没能像当初发展半导体工业那样，育成台湾 TFT-LCD 面板制造的大企业，但它在前期技术开发、技术服务、技术转移、企业投资前期指导、政府决策咨询、行业人力资源培训等方面所做的贡献仍不可低估。

工研院电子所继续在平面显示的其他领域，包括 LTPS、LED、LCOS、OLED 等技术及 TFT-LCD 相关材料的研制上，取得不少成就，尤其在柔性显示技术上获得不少专利，有可能帮助我国台湾地区在下一个十年中，在电子纸和电子书的制造上，取得一个新的辉煌。

二、友达光电的资本运作为其 TFT-LCD 发展提供充足的资金

友达光电是由我国台湾地区联友光电与达基科技在 2001 年合并组成。2002 年在美国纽约证券交易所挂牌上市。2006 年并购广辉电子成长为全球第三大 TFT-LCD 制造商。

联友光电是联电集团(UMC)投资的子公司，1990 年成立。先从美国

OIS 公司获得 TFT-LCD 技术授权，1998 年又与日本松下签订联合开发协议并获得松下的 TFT 技术授权。1994 年在新竹科学工业园区建立我国台湾地区第一条 TFT-LCD 一代生产线(玻璃基板 200 mm×400 mm)量产 4 英寸模组。1996 年扩建并增加生产 5.6 英寸模组，原计划投资 3 亿美元去建造一个新工厂，并于 1997 年量产，但由于开发的显示屏尺寸大小滞后于市场需求的变化，而一再延后厂线建设。因为母公司 UMC 的业务关系，联友曾经为法国 PixTech 公司代工制造 FED，以及为美国 Kopin 公司在硅晶圆片上制造用于视频眼镜的微显示屏。2000 年联友光电在我国台湾地区上市，资本额为 130 亿新台币。

明基是宏基投资的计算机周边设备厂，做过显示器，后来发展成为我国台湾地区最大的且唯一以自有品牌行销的手机厂商。1996 年，李焜耀总经理决定跨入 TFT-LCD 行业。在初始的 10 亿新台币的投资中，明基和宏基分别约占 95% 和 5%。考虑到 TFT-LCD 是技术密集、资本密集的产业，李焜耀和他的经营团队制定了一个全面的战略发展规划。首先，解开了技术"死结"。当时 IBM 公司已经研发成熟 TFT-LCD 技术，由于专攻 IT 服务业务，又不愿看到日本厂商独霸市场，因而很优惠地将技术授权给明基。

关键的问题是资本，明基有一个与其产业发展相匹配的融资计划。达基科技就是于 1996 年 8 月在这样的背景中诞生的。初始股本只有 5 亿新台币。明基的职业精英团队为达基确立的融资战略是：既然明基没有日本、韩国企业那样的内部关联资金渠道，那就将明基和达基的财务公开和透明性发挥到极致，使之赢得社会公众的信赖，以最短的时间争取在美国纽约证券交易所上市，进而从全球资本市场募集到取之不尽用之不竭的资金。

明基的第一笔投资很快用尽，随后 3 年又是 15 亿、30 亿、30 亿、30 亿新台币的现金增资。当达基的 TFT-LCD 起步顺利后，明基开始运用第一种财技：吸引风险投资加入。1999 年，明基董事会通过决议，在欧洲卢森堡发行可转换债券，明基两次共发行了 2 亿美元债券。当时明基已经开始挖掘我国内地制造和市场，业绩增长迅速。债券到期后，多数如愿地转为持股。募集到的资金，大部分投入 TFT-LCD 之中去。

按照台北股市和纽约证交所的相关规定，一支股票可以同时在台北和纽约上市。2000 年 9 月，达基在台湾地区上市，只发行了原始股，意图是通过流通使部分老股东变现获利，增强股东的持有信心。同时，达基的上市进一步提高了财务透明度，流通还可以为将来在美国再次发行确定参考股价。当时，明基对达基的控股比例还太高，凭达基的"盘子"在美国上市还太小，于是与联友光电的整合提到议事日程上来。

2001 年 9 月，两个股本约 150 亿新台币的公司——达基和联友宣布正式合并。实际上是达基并购了联友，组成了友达光电。明基控股比例降到 22%，台联电为第二大股东，持股 19%。友达光电股本达到 297 亿新台币。合并后的友达光电，拥有 5 座 TFT-LCD 工厂，包括 1 座 1 代厂、3 座 3.5 代厂及 1 座 4 代厂，产能以每月玻璃投片面积计算，数值大于 7 万平方米，超越日本夏普，仅次于三星，成为当时产能全球第二大的 LCD 面板厂。

2002 年 5 月，友达光电在美国纽约证券交易所(NYSE)挂牌上市，首次 ADR(美国证券存托凭证)融资 5.6 亿美元。在此之前，友达光电股东权益已达 413 亿新台币，其销售收入达到世界第三，市场占有率超过 13%，仅次于韩国三星的 16% 和 LG 的 15%。

融资成功大大加强了友达的实力。2002 年 11 月，友达成立了台湾地区最大的光电研究中心。研究开发包括 TFT-LCD、LTPS、OLED 等显示技术。友达从 2002 年开始，经过几年的努力，逐步获得日本富士通公司 MVA 技术的授权和转让，并加以改进创新，发展到第三代 AMVA3 的具有自有知识产权的技术。2004 年，又先后与日立、夏普、三星分别签订了专利相互授权协议，平息了一些专利纠纷。友达光电投入研究发展的经费居台湾光电业之首，研发专利成果丰硕。据美国商业专利数据库报告，友达名列 2004 年美国专利成长速度最快的十大公司，以成长率 98% 的速度名列第五。2005 年，友达共申请通过 452 件专利，100% 属发明型专利。截至 2005 年年底，友达光电已核准及申请中的专利数量已超过 3300 件。《商业周刊》公布，2006 年我国台湾地区专利 100 强，友达排名第六。到 2008 年年底，友达申请和获证的专利更是超过 11 000 项。

2005 年 6 月，友达光电宣布已正式与 IBM 签署专利转让合约，该项合约使友达光电拥有 IBM 累积的 170 项 TFT-LCD 相关专利，包括在业界广泛使用的关键 TFT-LCD 基础专利。2005 年 7 月，友达光电向纽约证交所申请增发 3000 万份 ADR，每份发行价 15.35 美元，此批 ADR 由高盛牵头的财团承销。与此同时，国际知名投资银行 JP-Morgan 调高了对该股的投资评级。JP-Morgan 表示，友达光电具有成本控制、产品策略、经济规模、议价能力及就近供应客户等优势，生产的面板产品尺寸齐全将降低季节因素所带来的淡季冲击，并预期友达会发布 7.5 代厂的筹资计划。

在此之前，2004 年友达已经增发过一次 ADR 共计 3000 万份，每份 16 美元。三次美国存托凭证发行，友达共从纽约证交所募集了 16.46 亿美元的资金。除了发行海外存托凭证，友达主要还通过两种手段融资，一种是由银行联合担保发行的 3～5 年期普通公司债，平均年利率低于 2%。2004 年 4 月发行了新台币 60 亿；2005 年 6 月发行了 60 亿；2006 年 3 月发行了 50 亿。另一种是由证券公司发行的无担保 5 年期可转换公司债券，2004 年 4 月在我国台湾地区发行了 105 亿新台币；2004 年 11 月在卢森堡发行了约 2.9 亿美元；2005 年 7 月在我国台湾地区发行了 60 亿新台币。这些可转换公司债有相当的比例后来转换成公司新发行的普通股股票。2008 年 8 月友达又发行了 70 亿新台币的普通债，主要用于清偿以前各次发行的到期有价证券。

2006 年 4 月，友达光电宣布换股收购了广辉电子。广辉股东以 3.5 股兑换友达光电 1 股。按当日收市价，总交易额达 22.2 亿美元。广辉电子成立于 1999 年 7 月，是广达计算机与日本夏普公司及其他一些台湾企业的合资公司，主要生产 TFT-LCD 显示器，拥有一座 3.5 代、一座 5 代及一座 6 代厂线。合并促使资金、人才等重要资源的优化整合。使友达产能面积超过全球比例的 19%，与韩国竞争者达到旗鼓相当的地位。合并后的 5 代线及 6 代线产能总和一跃成为全球第一。合并同时实现了整体供应链的整合，不仅更有利于上游重要关键零组件的取得，也借助双方在不同产品线的优势，促使笔记本电脑及液晶电视机下游客户群基础更加完整扎实。三星和索尼都是友达面板的大买家，但 2008 年金融危机发生之后，它们大量撤单，造成友达开工率不足一半。

TFT-LCD 行业是一个对上游原材料和零组件非常依赖的产业，

TFT-LCD 成本结构中上游零组件占了 70%～85%，想要获得足够的成本竞争力，必须有强大的上游支持。除了玻璃基板，我国台湾地区基本上拥有全部的上游产业链，这是我国台湾地区 TFT-LCD 发展成功的最强大动力。友达为了降低成本和保障供应，对一些上游零组件厂进行投资控股，除彩色滤光片除部分自制外，另投资我国台湾地区的凸版(持股 49%)和达虹(持股计约 20%)。投资生产偏光板的隶属于明基集团的达信公司，产能居全球第五；投资生产驱动 IC 的瑞鼎科技，持股占 73%；投资生产背光模组的奈普和辅洋，两家合计位列全球第三；投资生产 CCFL 灯管的威力盟居全球第二；但友达为了保持竞争、获得成本优势，每种零组件有 2～4 个供应商，约有一半的比例是集团外采购。

友达光电是我国台湾地区首家量产 3.5 代、4 代、5 代、6 代、7.5 代生产线的厂商，8.5 代线预计在 2009 年第三季度投产。至此，友达光电在液晶领域已经累计投资了 200 亿美元(固定资产原值)。系列产品涵盖了 1.5～65 英寸的 TFT-LCD 面板。据 DisplaySearch 报告，2008 年友达光电大尺寸 TFT-LCD 面板全球市场占有率达 17%，位居全球第三，其中桌上型显示器应用面板市场占有率世界第一，笔记本电脑面板居全球第三，电视机应用面板排名世界第四。在中小尺寸面板方面，数码相机全球市占率世界第二，数码摄录机居全球第二，车用多媒体居全球第三，打印机和手机应用居世界第一，数码相框居世界第四，显示友达在各尺寸的面板市场布局皆达到均衡全面的发展。

友达光电的销售额从 1999 年的仅 1.85 亿美元增至 2007 年的 148 亿美元，年平均增幅高达 73%。2002 年在纽约证交所发行的 ADR 到 2008 年初已上涨了 80%，是标普 500 同期涨幅的 4 倍。在金融危机发生前，由于面板供需的周期变化(业内称为"Crystal Cycle")，友达光电的盈亏起伏也经历了 4 轮变化。连同 2008 年发生的金融危机所引起的经济衰退，友达共经历了 5 次。但是，DisplaySearch 的资料显示，2000～2009 年，友达累计营运利润达到 46 亿美元，仅次于三星的 75 亿美元和 LG 的 57 亿美元，超过夏普的 30 亿美元。到 2008 年年底，友达光电总资产达到 173 亿美元，负债率为 47%。

面对未来的发展，2009 年 8 月，友达决定投资 300 亿元新台币为旗下隆达电子规划四座 LED 芯片厂，以满足未来 LED 背光源的需求。同时布局电子纸，即入股电子纸制造商 SiPix 成最大股东。我国台湾地区经济事务部最近宣布政府将给予友达光电 50% 的研发补贴用于开发 3.5G 具有柔韧性的高端电泳显示(electrophoretic display，EPD)设备，以帮助友达扩大 EPD 市场所占的份额。据 DisplayBank 预测，电子纸显示市场将会以年均 46.9% 的增幅从 2010 年的 2.6 亿美元增长到 2015 年的 21 亿美元。

三、我国台湾地区平板显示产业发展特征

(1) 相关部门明确的产业规划、产业目标和有效的产业政策的扶持及工研院对产业技术的前期攻关及技术中介服务，对私营企业投资 TFT-LCD 领域起到不可低估的启蒙和推动作用。

(2) 亚洲经济危机发生后，日本企业面对韩国的竞争财力不足，遂转变策略，优惠地将 TFT-LCD 的相关生产技术许可或转让给我国台湾地区企业，使得台企进入产业的技术门槛得以跨越，但后续的创新和知识产权获取则依赖于企业的研发管理战略。显然，友达在我国台湾地区同行业中占有优势。

(3) 只要企业遵守资本市场的规则，我国台湾地区宽松的融资环境和多元化的融资工具就保证了企业持续的大规模的资金需求。友达的资本运作主要利用了包括美国存托凭证、银行联合担保的普通公司债、证券公司发行的无担保可转换公司债等融资工具和股东互换持股的公司并购运作，使公司的股本跳跃式增长。

(4) 产权关联或非关联的上游供应商在成本导向的竞争平台上为面板企业提供配套，并共同形成产业链整体的竞争优势。友达通过配套供应商的竞争获得成本优势。较多配套供应商开始时有日资技术股份或交纳专利许可费以便利用日本技术，后来通过自主研发降低成本，提高本地化比例，在成本的控制上优于韩国企业。

(5) 我国台湾地区内需市场狭小和缺乏下游产品大品牌，使面板企业发展面临限制，我国内地很可能成为未来的产业延伸地。

四、成功案例分析总结及对中国发展平板显示产业的战略启示

分析韩国和我国台湾地区在 TFT-LCD 产业后来居上，以及三星电子和友达光电在液晶显示产业上的发展案例，我们可以看到平板显示产业的一些特点和不同企业发展的途径及特征。

1. TFT-LCD 是平板显示应用的主流和拉动电子信息设备制造业发展的基础性和驱动型产业

20 世纪 90 年代初，在日本实现产业化的技术突破后，由于在计算机、通信和消费电子领域不断获得创新性的应用，TFT-LCD 产生了巨大的市场需求，吸引了巨额的资金和研发资源投入，并迅速地通过次世代生产线的建设扩张规模、提高效益、降低成本、改善技术、提高竞争力，成为平板显示应用的主流和拉动电子信息设备制造业发展的基础性和驱动型产业。

2. TFT-LCD 面板制造业是一个技术密集、资金密集的产业

上游零组件包括玻璃基板、彩色滤光片、偏光片、驱动 IC、背光板、配向膜等，中游是 LCD 面板与模组制造，横跨化工、材料、机械、光电等多个科技领域，涉及的相关专利成千上万。全球最大的 5 家面板厂商目前占到了市场份额的 88% 以上。每家都累计了百亿美元的固定资产投资，并且都已垂直整合了上下游完整的配套产业链，形成规模成本优势。对后来者来说，如何逾越知识产权壁垒和巨额资本障碍，确实是巨大的压力和挑战。

3. 后来者的机遇往往发生在景气低谷时

市场需求的高速增长带动竞争者的规模扩张，而过度的扩张引起供大于求。供需关系不平衡又造成行业景气的高低循环周期。在景气低谷时，一些竞争力较差的企业可能退出，这也给技术授权和转让带来可能。韩国企业和我国台湾地区企业分别是在 20 世纪 90 年代中后期和 21 世纪初期产业景气低谷时大举进入市场的。

4. 韩国和我国台湾地区进入 TFT-LCD 面板业时都有一定的产业基础

一方面是已经形成了下游电子显示设备制造组装工业，大量出口，占

据较大的市场份额。但由于 TFT-LCD 显示面板的大量进口造成贸易逆差，从而有了向上游面板制造业升级的需要。另一方面，韩国和我国台湾地区在半导体制程上成熟的技术，加速了对 TFT-LCD 制程技术的掌握和突破。

5. 韩国和我国台湾地区各自推行了扶持 TFT-LCD 发展的产业政策，为企业进入主演角色创造了必要的产业环境

这些产业政策集中在制定产业优先发展方向和规划；行政部门投入主导的行业相关前瞻性基础研究或产业技术攻关工程；建立共性技术研究平台和开放实验室；技术成果转化奖励政策；人力资源培训资助政策；建立创业孵化或育成中心；产业集群规划部署；对进入扶持行业企业的贷款、融资、税收、折旧等优惠政策；吸引外资奖励政策；企业合并奖励政策；协调行业相关企业的技术信息交流、专利交叉授权、资源共享、联合开发等。

行政部门的产业政策对后进的国家和地区集中资源，积聚和完备必要的生产要素以突破产业进入壁垒并持续发展，提高产业竞争力是必要的。但是没有发现韩国政府、中国台湾地区行政部门对企业采取过度保护，限制竞争的政策。相反，三星、LG、友达、奇美都是在相互竞争中发展壮大的。

6. 产业链的垂直整合能力直接影响企业的国际竞争力

韩国的三星电子背靠三星集团财阀体系，有着更为通畅的融资渠道。它的上中下游产业链构建以集团内部垂直整合为主，而且下游应用产品三星显示器和电视机都已发展成为全球市场占有率前两名的国际领先品牌，因此具有较强的抵御风险能力和企业竞争力。在金融危机中，2008 年第 4 季度三星电子 TFT-LCD 面板制造业虽有亏损，但亏损额不大(约 2.5 亿美元)三星面板厂始终保持着较高的开工率，在 2009 年上半年，三星面板的市场占有率达 28%[①]。

友达光电尽管也建立了垂直整合与水平整合相结合的上下游产业链，但它更像是一支联合舰队而不是一艘大航母。在金融危机中，下游厂商抽减订单，造成开工率一度不足 50%，2008 年第 4 季度亏库损额达到 265.95 亿新台币(约 7.9 亿美元)，2009 年上半年同期，友达面板的全球市场占有率下降到 16%。

---

① DisplaySearch 资料。

韩国和我国台湾地区的面板厂在上游关键原材料和生产设备上对日本的依赖度还很高。他们都在尽力向本地化发展，以便更有效地控制成本，提高竞争力。

7. TFT-LCD 企业的发展是内因与外因相作用的结果

企业是市场竞争的主体，企业的资本实力、发展战略、竞争策略、知识产权获取策略、人力资源政策、经营管理效率、供应链整合能力等是企业发展的内因，对企业的可持续性发展起着决定性的作用，具有综合优势的企业在同样的产业环境和市场条件下胜出的机会更大。但是，可靠的技术来源、便利的融资环境、完善的配套供应和持续的市场应用需求也是面板制造企业发展必不可少的外部条件。

8. 发展永无止境，创新永无止境

已经进入 TFT-LCD 面板制造世界前三的三星电子和友达光电，在下一代新型显示技术上精心布局，加强研发，抢占知识产权，一方面布局 LED 背光源的开发应用，以期在大尺寸 LCD 面板应用上降低能耗、提高性能、轻薄结构，延长 TFT-LCD 产业的生命周期。另一方面，在新型显示，如 OLED、电子纸技术应用上，从小尺寸开始，积极创造新兴市场领域，意在保持企业未来高度成长性及在显示行业内的领先地位。

9. 中国是彩电生产大国，但却遭遇缺"芯"缺"屏"的困境

2008 年的国际金融危机给了我们产业发展、升级的机遇，国务院和国家发展改革委员会、工业和信息化部等也已经出台"电子信息产业振兴规划"及相关政策，将平板产业升级和彩电转型作为重点工程。京东方 TFT-LCD、8 代线和昆山龙飞 7.5 代线已经先后宣布开工建设，LG、三星等也表示愿意考虑到我国内地投资建设高世代生产线。但是我国内地 TFT-LCD 产业链基础相对薄弱，关键零部件、原材料、设备主要依靠国外技术或国外进口，具有初步自主知识产权的上游企业规模较小，继续发展存在着资金、技术、设备等方面的问题。融资环境较差，融资工具较贫乏。在新型显示技术，尤其是 AMOLED 或电子纸技术上投入不多，专利壁垒同样存在。面对着机遇和挑战，如何坚持科学发展观，针对中国国情制定产业政策，做好"全国一盘棋"的战略规划和产业集群布局，建立和完善多元化的资本市场和融资渠道，既要发挥中央、地方和企业的积极性，又

要优化产业结构，适当集中资源，避免重复建设，合理安排不同显示技术的产业布局，完备生产要素，拉齐完善上下游配套产业链，提高龙头企业国际竞争能力，部署官、产、学、研结合，加大研发投入，缩小新型显示技术差距，加强发展后劲，实现赶超前景。相信韩国和我国台湾地区的产业发展经验，能够给我们提供一定的借鉴。

第五章　我国内地平板显示产业发展思路

第一节　指导思想

以国务院《电子信息产业调整和振兴规划》为指导，以促进我国彩电工业转型为契机，突破新型显示产业发展和瓶颈，以面板生产为重点完善新型产业体系。重点支持 OLED、激光显示、EPD 和 3D 等具有前瞻性技术和潜在市场巨大的新型显示技术的研究上，争取通过自主创新，掌握核心技术，突破国际上的技术壁垒，打破垄断，实现在下一代显示产业发展上掌握主动权。与此同时，做大做强 TFT-LCD 和 PDP 技术已经成熟的平板显示产业，重点放在技术的引进、消化、吸收、再创新和产能升级上。争取到 2015 年使我国的 FPD 技术水平与国际同步，产业规模达到全球产值的 30%。

第二节　战略思路和总体布局原则

平板显示产业是一个技术密集型、人才密集型、资金密集型产业，行业跨度大、纵向整合度高。"十二五"期间的战略思路和总体布局原则如下：

(1) 重点发展市场潜力巨大的下一代新型平板显示技术 OLED、激光显示、EPD 和 3D，通过自主创新和国际合作，建立具有世界领先水平的我国自己的新型平板显示产业。

(2) TFT-LCD 和 PDP 技术已比较成熟，通过开展高世代生产线的引进、消化、吸收和再创新，掌握核心生产技术；通过企业间的合作或整合，整合优势资源，形成 3~5 家具有国际竞争力的大型企业。

(3) 优先发展平板显示的共性技术、配套原材料技术及核心装备技术，带动整个平板显示产业的技术进步，实现生产设备及关键原材料的本土化生产，降低生产成本。

(4) 重视军民两用显示技术的研究开发，为国防配套。

(5) 鉴于显示产业对国民经济发展的巨大带动作用，建议将平板显示产业列为国家科技发展重大专项予以支持，并成立国家级的联合显示工程中心。

第三节 战 略 目 标

一、总体目标

平板显示技术整体达到国际先进水平。在生产线技术、工艺技术、材料技术、装备技术等方面形成核心技术突破，构建具有自主知识产权的技术创新体系，支撑我国平板显示产业的发展，使我国内地平板显示产业达到具有国际竞争力的经济规模，跻身国际前三。

二、技术目标

1. TFT-LCD

(1) 到 2015 年，基本掌握 8 代线以上 TFT-LCD 面板生产关键技术；

(2) 具备高世代生产线设计、建造能力，面板产品设计开发能力和新工艺开发能力；

(3) 掌握大型化玻璃基板、彩色滤光片和偏光片的制造技术；

(4) 掌握低黏度低阈值电压混合液晶等部分关键材料与零组件的制造技术以及自主开发新型光学膜(新型增亮膜、补偿膜等)技术等；

(5) 建立部分工艺设备的自主设计、制造能力；

(6) 面板模组国产化配套率超过 80%。

2. PDP

(1) 到 2015 年通过 PDP 量产技术的引进、消化与吸收，突破八面取的大规模生产技术，掌握十面取的量产技术；

(2) 通过提高自主设计能力，掌握其玻璃基板、各类电子浆料、障壁结构、荧光粉、驱动 IC 等材料的本地化生产技术，材料本地化比例超过 60%；

(3) 实现 5 美元/英寸的 PDP 模组低成本生产技术，发光效率突破 5 lm/W；

(4) PDP 整体技术水平达到国际先进水平，部分关键技术达到国际领先。

3. OLED

(1) 2015 年掌握 20 英寸以上大尺寸 AMOLED 的生产技术；

(2) 开展 OLED 软屏和柔性照明的技术研究，性能指标达到国际领先水平，并实现量产；

(3) 开发高性能有机发光材料，技术性能达到国际先进水平，并实现产业化；

(4) 掌握 TFT 基板、导电基板、彩色滤色膜、蒸镀掩模板、光刻胶、绝缘胶、隔离柱胶、封装盖及驱动 IC 材料的本地化生产技术。

4. 激光显示

(1) 实现把技术领先转变为市场领先；

(2) 在产业链方面，重点完成晶体材料、光学引擎、光源模组和镜头的国产化配套；

(3) 重点突破晶体材料的生产工艺技术。

5. EPD

(1) 突破以电泳显示为主的电子材料和有源驱动的 TFT 基板技术，以及大规模生产技术；

(2) 突破疏水材料的工艺生产技术；

(3) 掌握低功耗驱动、信号处理 IC 等生产技术。

6. 三维立体显示

(1) 掌握新型阵列式液体透镜的关键制备工艺；

(2) 重点支持真三维立体显示技术，特别是能够实现二维和三维显示模式可转换的、超薄的、可壁挂的真三维立体显示技术。

三、产业目标

1. TFT-LCD

(1) TFT-LCD 产值超过 200 亿美元，占全球市场份额约 20%；

(2) 形成 2~3 家具有国际竞争力的 TFT-LCD 企业；

(3) 构建世界一流的具有自主知识产权的技术创新体系和持续创新能力，在技术自主创新能力上进入国际第一集团军。

2. PDP

(1) 形成 1~2 家具有国际竞争力的企业，产能达到 500 万片以上，争取进入全球前两位；

(2) 加快产业链建设，推动玻璃基板、各类电子浆料、荧光粉、驱动 IC 等材料的本地化生产，降低成本；

(3) 针对低能耗、轻量化和薄型化等 PDP 发展趋势，不断提高 PDP 发光效率，改善显示性能，提高 PDP 整体技术水平和产品国际竞争能力。

3. OLED

(1) 形成 2~3 家具有国际竞争力的企业，在 PMOLED、AMOLED 和 OLED 照明产业方面进入全球前三；

(2) 实现中小尺寸 AMOLED 的大规模生产，掌握大尺寸 AMOLED 工艺技术，建立具有国际竞争力的自主的 OLED 技术和产业体系，为发展大尺寸 OLED 打下坚实的基础；

(3) 在产业链方面，重点支持 OLED 关键原材料的国产化配套，并实现主要原材料的国产化配套；

(4) 建立具有国际竞争力的自主的 OLED 技术和产业体系，为发展大尺寸 OLED 打下坚实的基础。

4. 激光显示

(1) 形成 1 家具有国际竞争力的企业，并成为国际第一；

(2) 在超大尺寸和便携式投影领域形成量产，产值超过 20 亿美元。

5. EPD

(1) 形成 1~2 家具有国际竞争力的企业；

(2) 促进国际合作，扩大产业联盟，实现技术跨越式发展；

(3) 突破整机及 E-book 应用技术，实现产品的广泛使用，普及率达到世界前列。

6. 三维立体显示

(1) 形成 1~2 家具有国际竞争力的企业；

（2）实现大尺寸、低功耗、高分辨率真三维立体显示器；

（3）依托现有平台，鼓励自主创新，实现技术跨越，以新型三维显示技术促进平板显示产业的升级。

第六章　组织实施方式和运行机制

发展 FPD 显示技术是我国推进平板产业战略的重大举措,在已出台和即将出台的各项政策基础上,通过政府统筹引导、扶植重点骨干大企业等方式组织推进 FPD 战略的实施,加快平板显示技术和产业的发展。

(1) 统筹引导:在国家平板显示器件的产业布局中,设立以平板显示技术面板和关键材料为核心的重大专项工程。

(2) 集中力量扶植各平板显示技术的重点骨干企业,如 TFT-LCD 的京东方、上广电、龙腾光电、华星光电;PDP 的长虹和南京华显;OLED 的维信诺和长虹等;激光显示的中视中科;EPD 的奥熠、汉王等。

(3) 将从事平板显示面板和关键材料生产地企业列入高新技术企业目录。

(4) 对从事 FPD 产业的相关人员从国家和地方政策上给予倾斜,为培育和稳定本土的骨干人才创造条件。

(5) 对 FPD 产业链中的重点关键材料、面板、设备等企业,实行增值税、所得税、进口关税优惠政策。

在上述组织实施方式的基础上,建议国家通过建立泛国产化研发同盟、科技统计体系和项目监控体系、资金支持、自主知识产权建设等方式对 FPD 产业建设进行运行管控。具体建议如下:

(1) 建立泛国产化研发同盟。以面板企业研发团队为基础,整合我国材料、部件、设备,面板及模组,整合为一体的泛国产化研发团队,积极引进国外具有良好经验的高级技术专家,形成我国基础核心技术研究、产品开发、前沿技术研究三个层次的研发队伍,成立专家组,强化外部合作。采取以项目合作、项目委托、联合实验室、博士后工作站、客座研究员等方式,充分发挥我国高校院所、科研机构和企业的人才队伍优势,拓展研发广度和深度,促进我国 FPD 技术的大力发展。

(2) 建立科技统计体系和项目监控体系。建立以创新投入(人力、财力、装备等)、创新获取(技术、知识获取费用等)、中间过程(论证、设计、开发、中试、小批量生产)、创新产出(技术积累效益、经济效益、知识效益、成果转化等)为核心的科技统计指标体系,采集和积累各种必要创新资料和信息,有针对性的做好相关数据的统计工作。充分发挥 IT 工具变革力量,加强监测指标的分析、研究,建立评价结果公布制度,对我国 PDP 创新活动过程和结果进行系统性、连续性、真实的反映,使技术创新工作系统化、科学化和规范化。

(3) 资金支持。国家按照一定比例划拨资金支持和鼓励 FPD 技术研发项目。

(4) 建立 FPD 共性技术研究和测试平台,促进模组及整机的标准化工作,组织国内企业积极参与国际标准制定。同时运用现代财务系统控制理论,实现从立项到结题的完整财务核算功能,确保国家拨付资金的增值。

(5) 自主知识产权建设。加强我国企业知识产权风险的意识,强化知识产出质量和数量,将我国企业与研究院校情报、知识产权、科技统计指标纳入国家监控范畴,服务于制造、开发团队学习和企业业务需求。同时引导我国企业进行 FPD 知识成果经营,提高应对知识产权壁垒的能力。组织加速国外专利布局,培育 FPD 核心竞争力。

第七章 政策措施与建议

目前，日本、韩国和我国台湾地区在 FPD 领域居于领先地位。日本、韩国、我国台湾地区的 FPD 产业发展起点不同，但其产业发展有着共性地方。一是强力持续投资；二是在上下游产业链建设上，领先企业上下游一体化程度较高；三是都重视企业整合和跨国合作；四是都重视官、产、学、研结合，以官、产、学、研合作模式集中资源，支撑企业提高核心技术能力。

我国内地平板显示产业处于机会与挑战并存的时期，一方面，经过几年的努力，积累了进一步发展的基础；另一方面，我们与日本、韩国和我国台湾地区相比还面临很大的差距，尚不能满足自身发展的需要，但平板显示产业中国不得不做，中国不能不做。目前，在我国内地平板显示企业总体实力较弱，融资环境不够宽松的情况下，政府应该借鉴韩国、我国台湾地区的经验和做法，在这个重要的战略型产业发展中发挥积极的作用，对应以上战略措施，建议从以下几个方面支持平板显示技术及产业发展。

(一) 用"国家行为"支持 FPD 技术和产业发展，将其列入国家重大专项

国家应将 FPD 产业列入国家重大科技专项予以支持，并出台鼓励产业发展的若干政策，包括产业布局、投融资、财政、税收、专项资金、人才等特殊配套政策，在培育企业核心竞争力的关键时期和我国融资环境尚不宽松的情况下，在初期投入一定比例的资本金，集中资源支持能参与国际竞争的大型骨干企业，培育出跻身世界前五位的领军企业。

(二) 大力支持 FPD 关键技术的研发

借鉴国家支持集成电路(微电子)发展的做法和优惠政策，由国家

设立"FPD 关键技术及材料攻关"重大专项，设立系列课题，给予大力度的支持，并组织实施。抓住 FPD 产业升级的战略机遇，重点支持 OLED、3D 显示等新型平板显示技术的研发和产业化，并逐步建立符合我国产业状况和国情的公平、合理的知识产权和技术转移、扩散和共享机制。

由国家主导、企业参与，建立各 FPD 显示技术国家工程实验室或各 FPD 显示技术国家工程中心，并将其建设成为装备水平和技术水平国际一流的、面向全行业开放的共性技术及前沿技术研发和技术转化的平台；支持人才培养；支持企业横向和纵向的整合与合作。

（三）支持产业联盟和产业链建设

鼓励龙头企业牵头成立 FPD 相关产业联盟，引导和促进产业链协调发展，大力推进上游产业链本土化进程，增强我国 FPD 整体产业国际竞争力。

（四）税收减免政策

(1) 所得税减免：对新投资面板厂或已有厂扩产新投资部分五年内免所得税(抵扣所得税税基)。落实研发投入 150%加计扣除抵扣所得税税基。

(2) 关税和进口环节增值税减免：国内不能生产的材料、部件、设备减免关税和进口环节增值税。

（五）实施人才战略

将培养平板显示人才纳入国家教育体系，造就一支强大的、熟悉平板显示的高级技工队伍、科技研究队伍和职业经理人队伍。

（六）完善的投融资体系

为我国平板显示企业提供发展所需要的充足资金。

(1) 建立完善的资本上市途径。

(2) 建立完善的企业并购制度。

（七）加强国际合作

有计划、有目的地组织人力、物力，通过各种方式进行国际合作，学习国外先进经验；引进资金、人才和生产制造关键技术；扶植几个融科研、开发、生产、销售和服务为一体的规模企业；建立全球的销售渠道。

附 录 缩 略 语

3D three-dimensional 三维立体(显示)

AMOLED active matrix OLED 有源驱动 OLED

a-Si TFT amorphous silicon TFT 非晶硅 TFT 技术

BSD ballistic electron surface-emitting display 弹道电子表面发射显示器

CCFL cold cathode fluorescent lamp 冷阴极荧光灯管

CF color filter 彩色滤光片

CNT carbon nano-tube 碳纳米管

COG chip-on-glass 玻璃基芯片

CRT cathode ray tube 阴极射线管显示技术

DLP digital light processing 数字光学处理技术

DMD digital micromirror device 数字微镜装置

EL electroluminescence 电致发光

EPD electrophoretic display 电泳显示

EWOD electrowetting-on-dielectric 介质上的电润湿

FED field emission display 场致发射显示器

FET field effect transistor 场效应晶体管

FFS fringe field switching 广视角(LCD 技术)

FPC flexible printed circuit 柔性电路板

FPD flat panel display 平板显示技术

GLV grating light valve 光栅光阀

HDMI high definition multimedia interface 高清晰度多媒体接口

HDTV high definition television 高清电视

IC integrated circuit 集成电路

IGBT insulated gate bipolar transistor 绝缘栅双极型晶体管

IPS in-plane switching 平面转换

IPTV interactive personality TV 交互式网络电视

LCD liquid crystal display 液晶显示

LCOS liquid crystal on silicon 硅基液晶

LED light emitting diode 发光二极管

LTPS low temperature poly-silicon 低温多晶硅

MEMS micro-electro-mechanical system 微机电系统

MVA multi-domain vertical alignment 多域垂直阵列

NCM natural color matrix 自然彩色管理技术

ODM original design manufacturer 原始设计制造商

OEM original equipment manufacturer 代工生产

OLED organic LED 有机发光二极管

PCB printed circuit board 印刷电路板

PDA personal digital assistant 掌上电脑（个人数字助理）

PDP plasma display panel 等离子显示屏

PLED polymer LED 聚合物发光二极管

PMOLED passive matrix OLED 无源驱动 OLED

PVA patterned vertical alignment 图像垂直调整技术

RGB red green blue RGB 色彩模式

SCE surface-conduction electron-emitter 表面传导型电子发射器

SFT super fine TFT 超精度 TFT

SM-PDP shadow mask PDP 荫罩式等离子平板显示器

SOD spatial optical modulator 空间光线调制器

TAC triacetyl cellulose 三醋酸纤维素

TCP transmission control protocol 传输控制协议

TDEL thick-film dielectric EL 厚膜介电电致发光

TFEL thin film EL 薄膜电致发光

TFT-LCD thin film transistor LCD 薄膜场效应晶体管液晶显示

VA vertical alignment 垂直阵列